デッキの手摺りから身を乗り出すようにして海を見ている佳人との距離を、遥は体を反転させることで、さりげなく詰めた。　　　　　　　　　　　　　　(本文より)

BBN
B•BOY NOVELS

情熱の飛沫《しずく》

遠野春日

イラスト／円陣闇丸

この物語はフィクションであり、実際の人物・
団体・事件等とは、いっさい関係ありません。

CONTENTS

情熱の飛沫《しずく》 7
口直し 223
七月のテリーヌ 239
あとがき 253

情熱の飛沫《しずく》

羽田《はねだ》空港に着いたのは定刻の五分前だった。首都高が渋滞していて、ギリギリになったのだ。運転手の中村《なかむら》には駐車場で待機してもらうことにして、佳人《よしと》は遥《はるか》を出迎えるため、到着ロビーに駆け込んだ。

到着便の案内板を見上げ、飛行機がオンタイムに着くのかどうか確かめる。

福岡発252便の欄を横に辿ったとき、ちょうどアナウンスがあった。252便は到着が約十分遅れるという。アナウンスの直後に案内板の表示も変わった。

「十分、か……」

佳人はスーツの袖をずらして腕時計に目を落とすと、壁際に避けて中村に携帯電話で連絡した。

今日、このあとには何の予定も入っていない。どうするかは遥の指示次第だ。もうすぐ五時なので、普通ならこのまま帰宅する人が多そうだが、遥のことだから、経営している六つの会社のうち、どこかに顔を出すと言うかもしれない。クロサワグループの筆頭企業である黒澤運送か、もしくは通販会社メイフェアか。いずれにしても遥の頭には、疲れたから休むなどという選択肢はまずない。たとえ地方にまで出張して、付き合いのゴルフや宴会などで二日間体を酷使していたとしてもだ。遥がタフだということは十分承知しているが、ここ一週間の過密スケジュールを思うと、気遣わずにはいられない。だが、遥が佳人の心配する言葉に耳を貸すとも考えられず、佳人はせめてこれ以上遥に負担をかけぬよう、自分にできる限りのことをして遥を少しでもサポートするほかないのだ。——ビジネスの上ではもちろん、プライベートでも。

佳人が遥と出会ってから、早くも一年が過ぎていた。

今年も月見台から眺めた桜は見事だった。遥が都内に構えている純和風建築の邸の庭に、一本だけあるソメイヨシノだ。四月の第一週に満開になり、週末の夜、酒を酌み交わしながら二人で心ゆくまで夜桜観賞をした。相変わらず無口な二人だったが、沈黙が続いても、出会ったばかりの頃とは沈黙の種類が違っていた。

去年の佳人は、恩人である遥を理解し、尽くそうとするだけで精一杯だった。ぶっきらぼうで無愛想な遥は、佳人にとって何を考えているのかわかりにくい、気難し屋の主人だったのだ。冷淡かと思えば意外なほどの心配りを見せたり、優しいかと思えばちょっとしたことで機嫌を悪くして横暴になりもする。べつに冷淡にされようが横暴な振る舞いを受けようがかまいはしなかった。一億という、庶民にはなかなか実感の湧かない途方もない金額で買われた身だ。どんなふうに扱われようと、逆らわずに受け入れるだけの覚悟はつけていた。佳人が困惑したのは、遥の真意がさっぱり見えてこないからだった。

遥は、ふるいつきたくなるほど整った顔立ちと、見惚れるくらい均整の取れた美しい体軀《たいく》をした男だ。男でも女でも相手に不自由することはないだろう。二十代も半ばを過ぎた佳人を、体が目的で買ったはずはない。遥が佳人に求めているのはなんなのか。どうすれば恩に報いることができるのか。言われればたいていのことはするつもりでいても、遥には肝心の言葉が欠けている。

佳人の混乱と苦悩は深く、遥に対して単なる感謝以上の感情を持ち始めたと自覚してから、一度は傍《そば》にいられないと思い詰めるまで追い込まれた。

そうだ。

去年の今頃は、大げさではなく、本気で苦しかった。遥の気持ちが理解できず、もしかすると気持ちを弄《もてあそ》ばれているだけではないかとまで邪推《じゃすい》して、傍にいるのが辛くて辛くて仕方なくなっていたのだ。信じたいのに、信じた端から絶望させられることが続けば、いくら辛抱強い人間でも心の支えを失い、弱気になってしまうだろう。あれほど切羽《せっぱ》詰まった心境になったのも初めてだ。おかしなものだと自分でも思う。ヤクザの親分に身売りする決意を固めたときより、そしてその男に反逆して生死の境に置かれようとしたときより、一人の男の気持ちが摑めないことに胸を痛め、真剣に悩んでいたのだ。

待ち時間の手持ちぶさたから、佳人はこれまでのことを反芻《はんすう》し、微《かす》かに苦笑した。

あの苦悩は梅雨が上がるのとほぼ時を同じくして薄れ始め、代わりに思いもかけない告白が佳人を驚かせ、感動させた。にわかには信じられなかったが、反面、ずっとそれを薄々感じていたような、なんとも奇妙な気持ちになったことを、今でもはっきりと覚えている。

あれから本当に一年以上経ったんだなと嚙みしめた。

正直なところ、いまだに遥という男のすべてを掌握《しょうあく》している自信はない。遥は相変わらず無口だし、表情も硬い。秘書として一日中行動を共にしても、事務的な会話しか交わさずに終わる日がほとんどだ。仕事が終われば同じ家に帰り、プライベートな時間をこれまた共に過ごすが、なまじずっと一緒にいるだけに、あらためて話すことなどそうそう見つからず、会話が弾んだ例《ためし》がない。通いの家政婦が用意してくれている夕食を温め直して二人で黙々と食べ、遥と入れ違いで風呂に入り、書斎で一仕事してから寝るのが習慣の遥に就寝の挨拶《あいさつ》をして先にベッドに横になる。佳人も疲れているので、心地よいベッドに入ると、たちまち睡魔に襲われる。気がつくと朝で、隣に遥が寝た形跡はあるものの、いつここに来ていつ出ていったのかさっぱりわからなかったという腑甲斐《ふがい》ない思いをすることも頻繁《ひんぱん》だ。慌てて階下に下りていくと、遥はトーストを片手に経済紙を読んでいて、挨拶をしても仏頂面でそっけなく頷かれるだけといった塩梅《あんばい》である。佳人には遥が初めて付き合う相手だから、これが世間一般と同じ状態かどうかはなんとも言い難《がた》い。言い難いが、もう少し違っていてもいい気がする。そう感じるのは佳人がわがままだからなのか。日ごとに欲深になり、もっともっと遥と親密になりたいと切望し続けているからなのだろうか。

穏やかな日々は、ともすれば焦《じ》れったさを感じさせる。

しかし、秋に起きたような身も心もすり減らされる事件に見舞われるよりは、断じてましだ。もう二度とあんな思いはしたくない。あの事件があったからこそ、お互いへの気持ちをあらためて自覚し、それまで以上に深い絆で結ばれているのを確かめ合えたのは確かだが、一歩間違えれば悲惨なことになっていた。それからすると、今の幸せはなにものにも代え難い。静であれば動を求め、動であれば静を希《ねが》う身勝手さを、佳人は反省した。

遥の乗った便が着陸したという案内があるまで、佳人は『出会いの広場』に据えられている待ち合い用の椅子に座っていたのだが、周囲に荷物を持って立っている人の姿が増えてきたため、腰を上げて席を空けた。

もう一度案内板を確かめに行く。

こちら側からは開かない自動ドアが開き、回転テーブルで手荷物を受け取った旅客が次々と中から出てくる。タイムテーブルによると、大阪からの到着客のようだ。この便は定刻にランディングしている。

福岡からの252便に関する新しい案内はまだ出ていなかった。

案内板を見上げていた首を戻し、なにげなく到着ロビー内から荷物を持って次々と出てくる人の列に目を向ける。

佳人の視線が手前から三番目にいた男の顔の上で留まった。薄手のセーターをインにしてジャケットを羽織った大柄な男だ。

どこかで……?

記憶の片隅を刺激されたが、すぐには思い出せない。横柄《おうへい》そうな顔つきから、香西組《こうざいぐみ》の関係者のうちの誰かだっただろうか、と思ったが、それよりもっと、ずっと前に知っていた顔に似ている気がする。ずっと前。佳人にとってのずっと前は、香西に囲われる前という意味だ。高校三年の夏前まで。

ああ。佳人はようやくひとつの顔を浮かび上がらせた。今より十以上若い頃の顔だが、右に吊り上がり気味になった唇と、左眉の下のホクロは変わっていない。

「赤坂《あかさか》？　赤坂寿修《としのぶ》さんじゃないですか？」

様々な思いが胸中に渦《うず》を巻き、声をかけるかこのまま知らん顔してやり過ごすか逡巡したものの、結局佳人の中で、他のどんな感情よりも懐かしさが先に立ち、男に話しかけずにはいられなくなっていた。

突然呼び止められて、剣呑《けんのん》な目つきでこちらを向いた男の目が、佳人を認めた途端《とたん》にすっと眇《すが》められる。分厚い唇が皮肉たっぷりに歪んだ。それを見て、佳人は間違いなく赤坂だ、と確信した。この、いかにも意地が悪そうなしぐさ。あれから十一年ほど経つが変わらない。

「おまえ久保《くぼ》か。同じクラスにいた気取り屋の秀才だな。覚えているぜ」

覚えている、というよりも、忘れるものか、というニュアンスが感じられる口調で、赤坂はのっけから人を不快にさせる物言いをした。急いでいないのか、佳人の傍に歩み寄ってくる。

目の前に立つ赤坂は、佳人より十センチばかり背が高く、横幅もあって、威圧感に満ちている。前から大きな男だったが、成人してさらに迫力が増したようだ。高慢で他人を見下した態度を取る癖は健在で、居丈高《いたけだか》さも相変わらずだ。佳人は早くも赤坂をやりすごさなかったことを少しばかり悔やみかけていた。大人になったのだから多少は角の取れた人間になっているかと思ったが、どうやら違ったらしい。

赤坂は佳人の全身を不躾な視線でじろじろと見る。品定めするような、あら探しするような、嫌な目つきだ。自然と体が硬くなる。香西の許にいた間にも、やはりなにかと他人から詮索や好奇の目、もしくはもっとあからさまに下心の透けた下卑《げび》た目で見られていたが、それと赤坂の視線とはまた違う。赤坂が佳人を見る目には、侮蔑《ぶべつ》と憎悪が込められていた。佳人は肌にひしひしとそのことを感じ、憂鬱《ゆううつ》になる。はっきりした理由はわからないが、昔から赤坂は佳人に、憎らしくてたまらないという態度を取った。学生時代のことだから、成績や女子の人気、クラスでの信任度などの些細なことで、佳人が赤坂の癇《かん》に障《さわ》る存在になっていたのかもしれない。佳人が父の仕事の関係で高校をやめることになったとき、大半の同級生たちは同情的だったが、赤坂と当時彼の周りを取り巻いていた仲間たちだけは、「ざまぁみろ」とはっきり言葉にし、佳人の身に降りかかった不幸を嬉々として嘲笑《ちょうしょう》した。思いつく限りの差別用語を並べ立て、自分のことばかりか両親まで侮辱《ぶじょく》され、さすがに穏やかな気持ちではいられなくなりかけたことも覚えている。結局、ここで喧嘩をしても仕方がないと自分に言い聞かせ、唇を切れるほど噛んで堪《こら》えたが、あと少し校門までの距離が長かったなら、理性を捨てて赤坂と対峙《たいじ》していたかもしれない。腕力勝負ではとうてい敵《かな》うべくもなかっただろうが、佳人にも意地がある。今思えば、その後待ち構えていた屈辱と忍耐の日々に比べると、赤坂たちに受けた仕打ちなど羽根で頬を撫でられる程度のことだったが、当時の佳人には知る術もなかった。

赤坂と向き合っていると、佳人は暗く嫌な過去ばかり思い出す。

つい声をかけてしまった際に抱いた懐かしさなど、すでに微塵《みじん》も感じられなくなっていた。

「おまえ、誰かの出迎えかよ？」

手ぶらの佳人に赤坂が見当をつけて聞く。

佳人は頷いた。赤坂のほうは右手に中程度の大きさのボストンバッグを提げている。よく見るブランドのロゴマークがプリントされた、渋茶色の合皮のバッグだ。アクセントになった鞣革《なめしがわ》の部分はおろし立てのベージュ色で、バッグの真新しさを窺《うかが》わせる。

「赤坂は出張？」

「まぁな」

その短い返事の中にも、心なしか赤坂の自尊心が色濃く出ている気がした。赤坂の顔には得意げな表情がはっきりと浮かんでいる。どんな職に就いているのか言いたくてたまらない、そんな顔つきだ。刑事にでもなったのかな。佳人は真っ先にそう思った。たまに香西のところに聞き込みに来ていた私服刑事たちの中に、似たような雰囲気の男が数人いたからというだけで、それ以外に根拠はない。

聞けば赤坂は悦に入って自分の仕事について語っただろうが、佳人は聞く気になれなかったので黙っていた。赤坂が何になっていようと興味はない。今日たまたまここで再会しただけの男だ。学生時代に特に仲がよかったわけでもなければ、今後仲よく付き合うとも思えない、いわゆるただの通りすがりにも等しい関係だ。このまま互いのことになど触れ合わず、左右に分かれてしまうほうがいいと思った。

しかし、赤坂には佳人のそんな態度が、お高くとまっているように見えて我慢ならなくなったようだ。すげなくされる、無関心でいられる、そんな扱いが、最も彼の気を悪くさせるのだろう。

「おい」

赤坂の声が意味もなく凄味を帯びてきた。

「相変わらずスカした野郎だな、おまえ」

またか。佳人は心中で溜息をつく。こうして絡まれることにももういい加減免疫がついた。そのくらい佳人はある種の連中から絡まれる。理由は様々だ。顔が気に入らない、落ち着き払った態度が癪《しゃく》に障る、目つきが生意気だ——。たぶん、赤坂は佳人が怯えたり顔色を変えたりしないのが腹立たしいのだと思う。自分が優位に立っているという優越感に浸れないからだろう。凄まれて気圧《けお》されたからではなく、二人の不穏な遣《や》り取《と》りに万一人目が集中すれば煩《わずら》わしいと思い、佳人はじりじりと後退って目立ちにくい隅へと移動した。佳人の顔をひたと睨みつけた赤坂はぴったりついてくる。久々に思う存分言いたいことが言える相手に出会《でくわ》した、逃がすものか、という態度だ。どうやら鬱憤《うっぷん》が溜まっていたらしい。つくづく運が悪かった。

こうなったら聞くだけ聞いて赤坂の気がすむまで付き合ってやるしかなさそうだ。といっても、佳人も暇ではないから、遥が現れるまでの間のことだ。せいぜいあと五、六分だろう。最初に声をかけたのは佳人だ。仕方がない。

「だいたいなぁ、昔っからおまえには胸糞の悪い思いばっかさせられてきたんだよ。ちょっと綺《き》麗《れい》なツラして、家が金持ちだからって、女どもに王子様扱いされてたっけな？　さぞかし当時はいい気になっていやがったんだろう」

そんなつもりはなかった。だが、佳人は口を閉ざしたまま静かに赤坂を見上げていた。言い返せばますます赤坂の憤懣《ふんまん》を増させるだけだとわかり切っている。

「ふん、澄ました顔しやがって」

赤坂は横を向いて吐き捨てるように言ったあと、すぐに一転して普段細めの目を剝《む》いて大きくし、「だがな」と鬼の首を取った顔つきになった。

「おまえの親父の会社が経営に失敗して倒産したと聞いたときには、両手を打って飛び上がりたくなるくらい嬉しかったぜ。ざまぁみろだ。苦労知らずでスマートさが売りだった貴公子どのが、一夜にして高校に通い続けることもできなくなるほど落ちぶれたわけだ。世の中まったく一寸先は闇だよな。……本当に、まったくよ」

最後の蛇足《だそく》とも思えた言葉には、奇妙な重苦しさが感じられた。佳人に向けて言ったというよりも、むしろ自分自身でしみじみと嚙みしめるふうだったのだ。佳人はそっと眉根を寄せ、赤坂の顔に、このことの意味を推察できそうな、なんらかの表情が隠れていないかと探ったが、見えたのは佳人に対する底意地の悪そうな感情だけだった。

「あれからどうしてたんだ、え？」

いつまでも黙らせておくか、とばかりに赤坂が詰問《きつもん》口調になる。佳人が黙ったままでは赤坂も面白くないのだ。

「ある人の世話になって、そちらの厚意で別の高校に編入させてもらったよ」

「ほう？」

赤坂の眉尻が忌々《いまいま》しげに跳ねる。もっと違う展開を想像していたようだ。

「どこまでも強運に恵まれた野郎だな」

——強運？

確かにそうだったのかもしれない。今の自分を考えれば、まんざら不幸ばかりに翻弄されてきたと嘆く気にはなれない。だが、ここに来るまでの十年間には、決して人には言えない、言ったところで理解されるとも思えない艱難《かんなん》を舐めてきたのだ。

佳人は赤坂に、聞けるものなら聞いてみたかった。

二十畳ほどの畳の部屋。四方をびっしりと傘下の組の長や、直属の子分たちが正座して取り囲む中、男が男のものになるのがどういうことなのか初めて教えられた十七歳の気持ちが想像できるか。

怖かった。恐ろしかった。最初は恥ずかしさなど感じている余裕もなかった。

取り繕おうとは思わない。それが紛れもない事実だ。表面上はあくまでも毅然《きぜん》とした態度を貫き、決して泣き言は洩らさない決意で望んだが、果たしてどこまで保っていられたのか定かではない。途中で何度も意識が薄れ、気がつけば広々とした和室に一人で寝かされていたからだ。十二畳もある南向きの、綺麗な部屋だった。置かれている家具類も典雅《てんが》で上質のものばかり。「親父さんはあんたを大層気に入りなすったようだ」と淡々とした調子で告げた黒服の男。後にその男は香西の右腕である若頭だとわかった。もし香西が最初の味見で佳人を気に入らなかったなら、佳人はそのまま子分たちの間でぼろぼろになるまで輪姦され、打ち捨てられていただろう。

十年香西が飽きずに佳人を囲い、いずれ杯を取らせるつもりにまでなっていたことは、僥倖《ぎょうこう》に値するのかもしれない。

当時はその日その日を過ごすことに懸命だったので深く考えたことはなかったが、あらためて振り返ると、やはり佳人は相当運に恵まれていたと言わざるを得ない。

なにより、遥と出会えたのがその最たるところだ。

遥さん。

こういう道筋で遥のことを考えると、佳人の体温はいつも少しだけ上昇する。胸の奥がじわじわと熱くなってきて、やがてその熱が全身にくまなく広がっていく。熱の芯には甘い疼《うず》きが生じ、堪え切れなくなった佳人に、誰の耳にも聞かせられない艶っぽい息をつかせる。

この熱と疼きを鎮《しず》められるのは遥だけだ。

あの精悍《せいかん》で美しく整った顔を見たい。

佳人は飛行機の到着が待ち遠しくてたまらなくなってきた。普段は極力思い出さないように努めている昔のことを、赤坂と会ったおかげで次から次に脳裏に浮かばせてしまった。心が動揺しているせいだろう。
それでも赤坂の目に映る佳人は、小癪なまでに落ち着き払った無表情に見えるようだ。
「高校を出ただけか？　それで今そんな一着何万もしそうなスーツを着られる身分になったたって
ことはねぇよな」
赤坂の声に憎々しげな響きが混ざる。受け取りようによっては嫉妬《しっと》しているとも取れそうな様
子だった。
「さぁ、どうだろう。今の仕事はちょっとした縁で始まったものだから、学歴とはほとんど関係
ないんだ」
変に張り合うような雰囲気が嫌で、佳人はあえて大学院まで出たのは伏せておくことにした。
言えば赤坂をムッとさせてしまいそうな予感がしたのだ。自分のほうが優れていると思いたいの
なら思わせておけばいい。佳人はべつにどうでもよかった。答えのないことに無理やり答えを押
しつけるような会話は疲れるだけで無益だ。
「なんだよ、今の仕事ってのは？」
赤坂は執拗に食い下がってくる。
佳人は慎重に言葉を選んだ。
「社長のスケジュール管理業務だよ」
「秘書ってやつか？」

「そうだね」

「どこの会社の？」

もし名の通った企業なら、赤坂の心は穏やかではいられないのだろう。徹底して佳人の現況を探ろうとする赤坂には、首を傾げたくなるほど尋常でないライバル心を感じた。なぜこうも赤坂が自分と張り合いたがるのか佳人には理解できない。高校時代もそうだった。佳人と赤坂ではまったく気質も得意分野も異なるように思うのだが、赤坂にとってはそれでも佳人が他の誰より自分の競争相手だと映るらしい。

自分など、張り合うほどの相手ではないのにと思いながら、佳人は静かに首を振る。

「言っても赤坂がすぐにわかるような会社じゃないと思う」

「地場の中小企業ってところか？」

赤坂の声に、どこか見下した感じが滲《にじ》む。

「なぁるほど。おまえにはうってつけかもな。ジジイの世話なんかさ！」

勝った、と浮かれた感じで赤坂がニヤニヤしだす。どうやら自分の社会的立場のほうが上だと判断し、満悦したらしい。

「役に立てていればいいんだけどね」

佳人は当たり障りのない返事をし、赤坂の日焼けした顔から視線を逸《そ》らした。逸らした視線をガラス張りの仕切りの向こうにそっと伸ばす。新たな到着便から降りてきた旅客が、次から次へとロビーに流れ込んできている。赤坂にかまけている間、つい館内放送に耳を傾け損ねていたのだが、もうそろそろ252便が着いてもいい頃だ。視線の片隅にでも、すっかり馴染んだ遥の見栄えのする長身が入ってこないかと期待して、気持ちが浮つく。

だが、遥の姿を見つける前に、また赤坂に「おい」と声をかけられ、不毛な会話に引き戻されてしまった。

「おまえのことばかり聞いて俺のことは何も喋《しゃべ》らないってのは悪いよな」

まるで、おまえから聞け、と強要されているような言い方だ。

「赤坂は今、何を?」

仕方なく佳人はさして興味もないのに聞いた。聞かずにはすまされない妙な雰囲気だったのだ。

「俺か。俺はな……」

赤坂は滑稽《こっけい》なほど勿体《もったい》ぶる。

ぐっと佳人の耳に顔を寄せてきたので、佳人は一瞬身を強張らせた。赤坂を敬遠したい気持ちが自然と体を緊張させたようだ。

幸いなことに赤坂は佳人の反応には気づかず、続けた。周囲を憚《はばか》る低い声だ。

「マトリなんだぜ。マトリ」

マトリ——麻取、と頭の中で置き換えた佳人は、意外さを隠せずに目の前の角張った顔をまじまじと見た。さっき咄嗟《とっさ》に刑事のようだと思ったが、当たらずとも遠からずだったのだ。

「驚いたか？」

酷薄《こくはく》そうな目が得意げに眇められる。分厚い唇から覗く歯までにやけた笑いを見せているように思えた。

「意外だったよ」

佳人は静かな口調で正直に答えた。

「赤坂が公務員になるとは思ってもみなかった」

なるなら医者か弁護士。もしくは自分で企業を興《おこ》して社長になってやる。よくそう嘯《うそぶ》いていたことを覚えている。人に使われるのはまっぴらだ、というのが赤坂の口癖だった。だから公務員とは意外だ。もっとも、自治体や国の役所に勤める公僕と、麻薬取締官とでは立場も役目も全然違うだろうから、よくよく考えれば案外納得できる選択である気もしてきた。

麻薬取締官の名称や存在は知っていても、知人がそれだという確率はそれほど高くないだろう。

赤坂はとりあえず佳人の反応に溜飲《りゅういん》を下げたようだ。

「俺はな、つまらない人生は歩きたくないんだ。地位も名誉も金もある、誰からも一目置かれるところに自分を据えとかなけりゃ気がすまない。負け犬にだけはなりたくないんだよ」

喋っているうちに赤坂の語気は荒くなった。

佳人はどう相槌《あいづち》を打てばいいのか迷い、結局黙って聞いているしかなかった。赤坂と佳人では価値観や観念に差がありすぎる。幸せの求め方が違うのだ。そういう相手に自分の意見を述べても、意味はない気がする。佳人には「無理をせず、気をつけて」と言うくらいがせいぜいだ。自慢話をするだけした赤坂は、上機嫌になっていた。

「ま、そんなわけだ。お互いがんばろうぜ。じゃあな」

佳人の鎖骨のあたりをトン、と指で突き、さっさと踵《きびす》を返して歩き去っていく。人込みに紛れて遠ざかる背中を、佳人はしばらくの間見送った。

「マトリ、か」

きっと赤坂も信念を持ってその職業に就いたのだろう。自分の選んだ道に誇りを持つのは素晴らしいことだ。十七から二十七までという、人生を決める選択の機会に最も恵まれているはずの時期を、佳人は世間から隔離されたに近い状況で過ごさなくてはならなかった。それからすると、様々な可能性があっただろう赤坂が、確かに羨ましい。

秋にひょんなことから知り合った青年弁護士、執行貴史《しぎょうたかふみ》と出会ったときにも、佳人は貴史に羨望を感じた。なれるものならなりたいと思っていた職業のひとつだったからだ。結果はともかく、努力できる環境があったこと自体が羨ましかった。

赤坂に感じる微かな羨望もそれと同じだ。

だが、佳人は今の自分を卑下してはいない。むしろ、とても恵まれていると思う。学生の頃に思い描いていた自分にはなれなかったが、代わりに得たものを思うと、それはもう全然たいした問題ではなかった。

「佳人」

不意に斜め後ろから声をかけられた。

「遥さん」

思わずそう呼んで振り返る。

いつの間に来ていたのか、スーツ姿の遥が立っていた。

遥の顔を見た途端、佳人は赤坂のことは忘れ、ふつふつと湧いてきた愛しさ、嬉しさで胸をいっぱいにした。

「お疲れ様でした。お帰りなさい」

「ああ」

あらためて社長としての遥に軽く頭を下げて労《ねぎら》う佳人に、遥はいつもの仏頂面で短く応じる。

「車は？」

「駐車場です。すぐに呼びます」

佳人はその場で携帯電話を取り出すと、中村に連絡を入れた。「お願いします」の一言で通じる。

その短い遣り取りをしている間、遥はさりげなく先ほど赤坂が歩き去っていった方向に顔を向けていた。もしかすると、半ば絡まれるようにして赤坂と話していた佳人の様子を、遥はどのあたりからか見ていたのかもしれない。佳人はチラリとそう思い、少々気まずくなった。どういう話をしていたのかまでは知られていないはずだが、居丈高な赤坂の態度と、それに気圧され気味だった佳人の姿からだけでも、あまり楽しい雰囲気でなかったことは察せられただろう。それを遥はどんな気持ちで見たのか。佳人が気にしたのはそのことだ。遥の前ではあまり弱い自分を見せたくない。くだらない見栄かもしれないが、佳人は遥に心配をかけたり不安を覚えさせたりするのが嫌なのだ。できることなら、精神的には常に対等でいたいと思っている。

携帯電話をポケットにしまった佳人は、遥が片手に提げていたボストンバッグを持とうと手を伸ばした。しかし、遥は無言でバッグを遠ざけ、佳人に持たせようとしなかった。切れ長の鋭い目が、よけいな気遣いは無用、と言っている。

「ゴルフバッグは宅配便で送ったんですか?」

「送った。当分使う予定はないからな」

「山岡《やまおか》さんはご一緒の便でお戻りじゃなかったんですね」

「あいつのことは俺に聞くな」

ぴしゃりとはねつけられ、佳人は「すみません」と軽く首を竦《すく》ませた。仕事上結構親密なかかわりのある山岡物産の三代目社長と遥は同年代だ。今回のように会合で一緒になる機会もままあるようだが、向こうがおおいに親しげにしてくるのに比べると、遥はまったく愛想がない。かといって嫌っているわけでもなさそうなので、佳人はいつも話題を振るとき加減がわからず悩む。もしかすると、以前佳人が山岡にナンパじみた声をかけられたときのことをいまだに不快に感じているのかもしれない。ずいぶん前のことだからまさかと思うのだが、佳人からはとうてい聞けなかった。

大股で歩く遥について外に出る。

戸外は気持ちよい風が吹いていた。

五月だ。佳人はこの季節が一年中で一番過ごしやすくて好きだ。身も心も軽く、活動的な気分になる。

佳人は傍《かたわ》らに立つ遥をそっと見た。

薫風《くんぷう》をはらんで、遥の髪が膨らみ、秀でた額の上で前髪を遊ばせる。遥はその髪を無造作に掻き上げたあとついでのようにして手を喉元にやり、きっちりと締めていたネクタイの結び目に指を入れて緩めた。表面上は平然としているが、やはり結構疲労が溜まっているようだ。一昨日発つ前の晩は、ほとんど徹夜に近い状態で急ぎの仕事を片づけていた。そのまま飛行機で移動して会合、宴会。翌日は甘木《あまぎ》の名門コースでゴルフコンペだ。疲れていないわけがない。

やはり荷物を、と佳人が一歩踏み出しかけたとき、オブシディアンブラックのメルセデスベンツが滑るように近づいてきた。

「どうぞ」

佳人が後部ドアを開く。遥は腰を屈めて奥に乗り込んだ。

そのままドアを閉めて助手席に座るつもりだった佳人を止め、遥が顎をしゃくる。おまえも横に乗れということだ。

佳人は恐縮しながらも素直に遥の隣に身を滑り込ませた。

車が走りだす。

遥はシートに深く腰掛けて背凭《せもた》れに頭まで預け、目を閉じている。

「これからどちらに？」

くつろぎの邪魔はしたくなかったが、聞かなければ中村に行き先を告げられない。佳人は控えめに声をかけた。

「疲れた」

そのままの姿勢で、遥がぼそりと口だけ動かす。短い言葉と共に深々とした溜息もつかれた。

「今日はもう、帰って休む」

「はい」

できることならこのまま帰宅してもらいたい気持ちだった佳人は、遥の言葉にほっとする。思わず返事に弾みがついた。

遥が薄く瞼を持ち上げる。佳人の顔を見たようだ。形のよい唇が微かに綻んだ気もしたが、それは佳人の勘違いだったかもしれない。

一昨日の朝自宅を出てほんの二泊してきただけだというのに、門から前庭を通り、玄関扉を開けて家の中に入るとき、遥は妙な懐かしさと安堵《あんど》感に包まれた。今までこんな気持ちになったことがあっただろうか。ふと考えたが、にわかには思い出せなかった。なぜ今日に限って、と腑《ふ》に落ちない気分になる。

「遥さん？」

玄関ホールの、絨毯《じゅうたん》を敷いた長細い取り次ぎで足を止めたままでいる遥に、あとから靴を脱いで上がってきた佳人が訝《いぶか》しげな声をかけてきた。遥は目だけ動かして、傍らに来た佳人を見た。労《いたわ》りに満ちた優しげな眼差《まなざ》しとかち合う。

視線が合うと、佳人は気恥ずかしげに目を伏せた。白い頬が、わかるかわからないか程度にほんのりと色づく。

「松平《まつだいら》さん、入れ違いで帰ったようですね」

松平、というのは通いの家政婦だ。平日は午前十時から午後六時まで毎日通ってきて、掃除洗濯をし、頼んだときだけ夕食の準備をして帰る。帰る際には、二人のスリッパを取り次ぎに『おかえりなさい』というように揃えていく。口うるさげで一見取っつきにくそうな中年の婦人だが、かれこれ一年近く勤めてくれている。仕事ぶりの有能さもさることながら、男同士で同衾《どうきん》するような仲の二人を見てもまったくたじろがないあたりが頼もしい。口には出さないが遥は松平を気に入っていた。

遥がいちいち相槌を打たないことに佳人も慣れている。顔色を見ればおおよその返事は察せられるらしい。佳人がここに来た当初は、遥もあえて意識して佳人に冷たく当たっていたが、今ではそんな無意味な意地を張るのはやめた。かといっていきなり饒舌《じょうぜつ》になったわけでもない。愛想がなくて口数が少ないのは元々だ。言葉が足りなくて佳人を悩ませていることに気づいても、不器用なのでどうすればいいのかわからない。それでも、少しずつ少しずつ、二人の間ではお互いを理解する苦労が減っているように感じる。語らなくても伝わる雰囲気が、日々を重ねるごとに深まっている気がした。

玄関ホールの左手は六畳の茶の間だ。

遥が襖《ふすま》を滑らせて中に入ると、上がり框《がまち》に置いてきたボストンバッグを持った佳人もついてきた。上着を脱いで佳人に渡し、そのまま中央に据えられた鎌倉彫《かまくらぼり》の座卓に着く。佳人は受け取った上着を丁寧に畳んで腕にかけると、「お茶を淹《い》れてきます」と言い置いて出ていった。

階段を上る足音がする。二階に荷物を持って上がって、また下りて、そのまま北向きの最奥にある台所に向かう。

よく動く男だ。遥は誰も見ていないのをいいことに、頬の筋肉を緩ませた。

外では秘書として、内では——内ではなんだろう？

遥はつと眉を寄せる。

最初に佳人をこの家に連れてきたときには、奉公人として扱った。一億という途方もない金でヤクザの親分から身請けしてきた経緯から、そうするのが最も自然だったのだ。慈善事業をしたつもりはない。優しく親切な男だと勘違いされるのは迷惑だ。遥はそれを、佳人自身はもちろんのこと、なにより自分に言い聞かせなくてはならなかった。体が目当てだと佳人に誤解されたくなかったこともある。遥は変なところで見栄っ張りだ。その自覚は持っていた。

結局は、気持ちに抗《あらが》い切れなくなって寝てしまい、意地を張るのを少しだけやめた。やめて、そこからさらにちょっとずつ心を開いていって、今の関係にまで辿り着いている。不思議なものだ。遥には、誰かを愛して受け入れる自分というのが、長らく想像できなかった。そんな感情はとうの昔になくしたと思い込んでいたのだ。

分厚い氷の中に閉じ込められていた、人を愛し、自分を愛されたいと願う気持ち。それを、静かだが強い情動の熱がじわじわと溶かしていき、やがて優しい驟雨《しゅうう》のように胸の内に降りしきらせた。胸を撫で打つ雫《しずく》は頑《かたく》なだった心に染み通り、とうとう、かつて殺したはずの感情を揺り動かした。単なる肉の欲からくる衝動ではない、深く激しい恋情。意識するや、全身が痺れて震えるような心地を味わわされた。思い出してもぞくぞくする。いかに遥が強情でも、抗う術はなかった。

人目のない場所で二人きりになっても、めったなことでは甘い雰囲気にはならない。これはもう性格だ。心の中で佳人は自分のなんだろうと考えるだけでも、恋人という言葉で表すのを躊《ちゅう》躇《ちょ》するのに、素直な言動が取れるわけがない。

食堂側に通じる襖張りの引き戸が開いて、盆を持った佳人が戻ってきた。上着を脱いでネクタイを外し、シャツの両袖を肘のあたりまで捲り上げている。

「今、お風呂に湯を張っています」

茶托に載せた茶碗が手元に置かれる。

「ああ」

遥はそっけなく短い返事をし、蓋を開けて美しい黄緑色の煎茶の色と香りを確かめた。文句のつけようもないお茶を出されても、遥は無言で口をつけるだけだ。気に入らなければ「淹れ直せ」と言うが、気に入ったことをわざわざ言いはしない。照れるのだ。褒められることには佳人自身も免疫がなく、二人して気まずくなってしまう。他人から見れば、つくづく要領の悪い、変な二人なのだろう。

「先に食事がいいですか？」

「用意してあるのか？」

「いいえ。遥さんの予定をはっきりお聞きしていなかったので、松平さんには頼みませんでした」

佳人は少し申し訳なさそうな顔をする。そして、控えめに続けた。

「おれの料理でよければ何か作ります。それとも、出前を取りますか？」

「何が作れるんだ？」

「八宝菜とジャガイモの中華風サラダとかなら」

先に冷蔵庫を覗いてできそうなものを考えていたらしく、佳人は淀みなく答えた。

ふん、と遥はいつもの癖で鼻を鳴らした。伺うように遥を見ていた佳人の表情が柔らかくなる。遥がだめだと言わない限り、どんなに冷淡な反応であっても、返事は「それでいい」ということだ。佳人は心得ている。

「それじゃあ、すぐに……」

遥は片時も落ち着かずに早速立っていこうとした佳人の腕を、半ば反射的に摑んでいた。

「遥さん？」

中腰のまま立ち上がり損ねた佳人が、困惑と共に微かな喜色の浮かんだ顔をする。

遥は唇を結んだまま、佳人の腕を引き寄せた。

佳人は畳に膝を突いて間合いを詰め、遥のすぐ傍らまで来た。

膝立ちになった佳人の顔を軽く仰ぎ見る。

視線と視線が絡み、先に佳人が僅《わず》かばかり顔を背けて睫毛《まつげ》の長い瞼を伏せた。

遥は感嘆するほど整っている顔にしばし見惚れた。知性と気立てのよさが滲み出た美貌は、何度見ても遥を飽きさせない。

まだ摑んだままだった腕を放す。佳人の体は細い。細いが不健康に痩せているわけではなく、綺麗なラインの体つきだ。腕を放した代わりにうなじに手を伸ばし、首を曲げさせた。

また視線がぶつかり合う。

なにごとか言おうとするように開きかけた佳人の唇を、下から掬うようにして塞ぐ。

微かな声が洩れた。しかし、すぐに湿った音に紛れて掻き消える。

角度を変えた小刻みなキスを何度か繰り返す。

名残惜しく唇を離して、切りをつけるように佳人の肩を押しのける。いかにも気まぐれで自分勝手な仕打ちだったが、他にどうしようもない。本当はここで頰を撫で、甘美な言葉の一つでも囁けばいいのだろう。そうすれば二人の関係も今とはまた違ったものになるに違いない。だがそれは無理な相談なのだ。佳人も今さら期待していないはずだ。

「……ビール、飲みますか?」

目元をうっすらと染めたまま佳人が聞く。

「ああ」

遥はまたぶっきらぼうに返事をした。

待っていてくださいと断って、佳人は茶の間から出ていき、たいして時間をかけずに冷えた瓶ビールと鰻《うなぎ》の骨を揚げたものを運んできた。

佳人が注いでくれたビールを呷《あお》る。

その間に佳人はまた立って出ていった。台所で八宝菜とサラダを作るのだろう。

手酌でビールを飲みながら、鰻の骨を齧《かじ》る。どこの家庭でも繰り広げられているであろう、な

んでもないひとときだったが、遥の心は満ち足りていた。自分にとって他人ではない人間が同じ屋根の下で暮らしている。この感覚は、以前に住み込みさせていた運転手兼ボディガードに感じていたものとはまったく異なった。

ささやかながらも誰かといる幸せ。これを知ってしまってからというもの、他のものが全部色《いろ》褪《あ》せて見える。前はあれほど躍起《やっき》になって成功させようとしていた事業に対する欲も落ち着き、金も財産も自分たちが生きていけるだけあればそれ以上には必要だと思えなくなった。闇雲に稼ぐだけが目的だった頃には一度たりとも味わえなかった充足感が、今はある。金では買えないものを手に入れたとき、遥はそれをはっきりと認識した。本当の意味で仕事に遣り甲斐《がい》を感じてきたのは、それからだ。今後はもう、無理に事業を拡大していくつもりはない。今ある六つの会社をじっくりと育て、ゆくゆくは黒澤運送以外の五社に代表取締役を立てて任せてしまいたいと考えている。そうすればもう少し自分の時間ができるだろう。今のままでは、まとまった休みを取って出掛けることも困難だ。遥はまだ佳人を、いわゆる旅行というものに連れ出してやったことがない。

そんなとりとめのないことをつらつら考えながらビールを飲んでいたせいか、テレビもつけぬままシンとした茶の間に一人でいても、時間が経つのは早かった。だいたい、この家ではテレビのスイッチが入れられることのほうが少ない。たまにBSやNHKでニュースを見る程度で、民放にチャンネルを合わせることはまずない。遥もそうだが、佳人も音がなくても平気な質のようだ。二階の一部屋を個室として佳人に使わせているが、その部屋にはテレビはなく、欲しいとも言わなければ自分で買おうともしないので、きっと本当に興味がないのだろう。もしかすると、佳人は遥以上に芸能人や流行曲に疎《うと》いのではないかと思う。特殊な環境でずっと暮らしてきたからというのも、理由の一つではあるかもしれない。

カラリ、と食堂との間仕切りの襖がまた開いた。

両腕に大きな盆を抱えた佳人が入ってくる。

「すみません。ちょっと手間取りました」

佳人は座卓に料理の皿や鉢、茶碗などを並べながら、申し訳なさそうに謝った。ビールの中瓶が空になっているのを見て、遥が待ちくたびれたのではないかと気を回したようだ。

湯気の立つ八宝菜は、見ただけで食欲をそそられる出来だった。美味しそうな匂いに生唾が出る。もう一品もすぐに箸をつけてみたい感じだ。

こいつは本当に努力家だとつくづく感心する。出会った頃は、包丁など握ったこともなさそうな危なっかしい手つきで、「捨てるぞ」と喉まで出そうな見た目の悪い料理を作るのが精一杯だったのに、みるみるうちに上達し、今ではこの程度の料理ならレシピも見ずにここまで作れるようになった。何事にも負けず嫌いなのだろう。手応えがあって、唇を綻ばさずにはいられない。

遥は胸の内で感謝の意を込めて手を合わせ、黙って箸を取り上げた。

いい味だ。旨さに頬の内側がじわりと痺れる。

「ビール、もう一本持ってきましょうか？」

佳人がまた席を立とうとする。

「おまえ、飲むのか？」

えっ、と佳人は虚《きょ》を衝《つ》かれた顔をした。

「……いいえ、おれは」

佳人はアルコールにあまり免疫がない。すぐ顔を赤くして酔うので、宴席で義理でもない限り、ほとんど嗜《たしな》まない。遥が強引に勧めないと、自分から進んで晩酌に付き合った例もなかった。

「なら必要ない。それよりおまえももう座れ。そんなに俺に気を遣うことはない」

「はい」

じわっと、佳人の首筋が赤らんだ。

皮膚が薄いせいか佳人は気持ちの高揚《こうよう》や沈鬱《ちんうつ》を色にして出しやすい。いくら本人が表情を取り繕っても、それで割合察しがつく。体調からくる顔色の悪さと、感情の波からくるそれと、ごく些細な違いまで最近の遥にはなんとなく見分けられるようになった。

向かい合って座卓につき、静かな夕餉《ゆうげ》のひとときを過ごす。

会話はなくても空気は淀まなかった。ごく自然な沈黙。そんな感じだろうか。無理をして喋る必要を感じずにすむ優しい静けさだ。遥にはこの静けさは悪くない。視線を伸ばしてちらりと窺った佳人にしても、べつに心地悪そうな様子はしていなかった。

喋らないから食事は早くすんだ。

食後のお茶を自分で注いで飲みながら、遥は佳人をじっと見つめた。

まだ食事を終えていない佳人は、遥の視線を感じて緊張するのか、微妙に動揺する。見られるのが恥ずかしくて仕方なさそうだ。気持ちはわからないでもない。同じようにされたら遥も箸を止めるだろう。

遥は佳人を見るのをやめ、おもむろに立ち上がった。

はっとして佳人が顔を上げ、長身の遥を振り仰ぐ。

「風呂に入る」

「あ、はい」

慌てて膝を立てようとした佳人に鋭い一瞥をくれて押し留め、遥は廊下に出た。

「食べたらおまえも来い」

背中を向けたままさらりと言う。

「久しぶりに、背中を流せ」

見えないはずの佳人の表情が、見える気がした。

風呂場に行くと、湯を張った浴槽に蓋がしてあった。さっき佳人はこれを外そうとして、立ち上がりかけたに違いない。

遥は苦笑しながら三枚の風呂蓋を外す。

佳人は遥に家では何もさせないつもりか、とおかしくなったのだ。遥は確かに亭主関白の器だが、実は家事はひととおりこなすのだ。ただ、佳人ほど器用ではないし、マメでもないので家政婦を雇って任せ切りにしている。自慢ではないが、遥が料理をすれば最初の三日はまともな献立を考えても、そこから先は毎日インスタントラーメンになるだろう。元々苦労人で貧乏慣れしている。腹が太ればなんでもいいという生活に長いこと馴染んでいた。そのくせ佳人には厳しく当たるのだから、自分でもたいした厚かましさだと思う。

湯加減はちょうどよかった。

脱衣籠《かご》に無造作に衣服を脱ぎ捨て、体重計に乗って数字を見てから浴室に入る。少し痩せていた。

昨日のゴルフのせいもあるだろう。水不足の折には消防隊が訓練の放水をあそこの芝に行っていたというくらい、地元では名の知られた名門コースだ。海外から名だたるプロゴルファーがやってくるトーナメントも開かれる。最高のシーズンともなると、芝はビロードの絨毯を敷き詰めたように眩《まばゆ》いばかりの美しさで、まだまだ不況を脱し切れない世の中にもかかわらず、六分おきにスタートする組がひしめいていた。

遥はたまたま山岡と同じ組でプレイするはめになったものだから、少々苛ついて、ムキになってしまったことを思い出す。それというのも、彼がわざとのように、なにくれとなく佳人のことに触れてきたからだ。遥は苦々しさに舌打ちし、無意識のうちに湯を平手で叩いていた。その拍子に、浴槽から零《こぼ》れた湯がタイルに流れ落ちる。

山岡がどこで誰と、どれだけ遊ぼうが知ったことではないが、佳人をその相手に考えるのだけは我慢できない。三代目のボンボンめ、と遥は胸中で罵《ののし》った。あの、へたに見栄えのする顔がまた癪に障るのだ。プレイ中、変に力んだせいで、入れて当然のパットを合計四度も外した。スコアもさんざんだ。八つ当たりなのは承知だが、やはり腹立たしい。遥もまだまだ精神の修行が足りないようだ。

山岡のことを考えているうちに、遥はふと、さっき空港で佳人に絡むような態度で話しかけていた男がいたことを思い出した。

初めて見た顔だ。

もちろん遥は香西組の子分たちとはほとんど面識がないから、彼がそのうちの一人だったとすれば、見たことがなくても不思議はない。だが、勘で、あれは組関係の人間ではない気がした。遥も、親友といっていい相手に、関東最大派閥の広域指定暴力団、川口組《かわぐちぐみ》本家若頭という派手な肩書きの男を持つ身だ。ヤクザものに対する勘は一角のものがあると自負している。

佳人の態度も、これまで見知ったどの様子とも違っていた。

たぶん、昔の知り合いなのだろう。

遥には二人の会話までは聞こえてこなかったのだが、男が佳人に威張り腐って優越感に満ちた言葉を投げていたようなのは察せられた。憎々しげに、あるいは得意げに歪んだ男の顔つきが、まざまざとそれを物語っていたのだ。頬骨の張った角顔に細い目の、いかにも負けん気の強そうな男だった。

佳人は口数少なく、いつものごとくほとんど唇を閉ざしていたようだが、顔色が青白くなっていたので、ずいぶん心に痛手を受けたのだと思う。

どうした、と聞いてやるべきだっただろうか。

こんな場合、遥はいつも迷う。己の要領の悪さに辟易《へきえき》する。どうするのが一番佳人のためなのかわからないのだ。それで毎度、立ち入っていいものかどうか悩み、躊躇する。

聞いてほしいことがあるのなら、佳人から言うだろう。そう思った端から、いや、あの佳人が自分に弱音を吐くとは考えられない、と思い直しもする。結局、迷っているうちにタイミングを逃してしまうのだ。さっきもまさにそうだった。

あの男が佳人に何を言ったのかは知らないが、要は、佳人が誰か頼る人間を必要としたとき、遥がすぐに手を差し伸べてやれる場所にいればいいということだ。しょせん、不器用な遥にできるのはそのくらいである。

脱衣所に佳人が姿を現した。

磨りガラス越しに服を着たままの姿がぼやけて見える。

「脱いでこい」

遥はすかさず声をかけた。

引き戸に向かって伸ばされかけた腕が、ビクッと震えたようだ。

「はい」

佳人は照れの滲んだ声で低く返し、身につけていたものをひとつずつ脱ぎ落とし始めた。白と薄茶色だった人型が、やがて肌色だけになる。磨りガラス越しに見ていても、その変化は艶《なま》めかしかった。想像力を刺激されるからだろうか。

磨りガラスが開いて、佳人が入ってくる。手にしたタオルでさりげなく股間を隠している。

今さら、と遥は失笑する。

その自覚は佳人にもあるようで、浴槽から出てきた遥と向き合った佳人は、面映《おもは》ゆげに俯いた。

「流してくれ」

遥はさっさと鏡の前の檜《ひのき》の椅子に腰掛けて、佳人に背を向けた。

佳人がその背後に座る。

桶《おけ》に汲んだ湯で濡らしたタオルに石鹸をつけて泡立たせ、それで遥の背を擦る。力は込めず、何度も丁寧に肩口から尻の上部までを上下させて洗ってもらうのは気持ちよかった。遥はされるままに任せ、目を閉じた。

まんべんなく背中を擦り終えた後、躊躇《ためら》いがちに胸板と腹、さらにはその下方にもタオルを使ってきた。遥は目を開け、屈み込んだ佳人の頭頂部を見た。つむじの巻きを目で追う。さらさらした綺麗な髪だ。思わず触ってみたくなる。

もう少しで指を伸ばしそうになったとき、佳人が顔を上げた。

腕を取られる。

左腕、右腕、とタオルで洗われた。足も同様に、指の股まで細い指の腹を使って清められる。こんなふうにされていると、遥の体の熱は否応もなく高まってきた。

変化は股間に下がったものに最も顕著《けんちょ》に表れる。体に問題のない男なら誰でもそうなるものだ。取り繕いようがない。

最後に残った部分の変貌に気づいた佳人は、遠慮がちにそれを掴み上げ、泡をつけた手のひらに包み込む。

遥は横目で佳人のものを確かめた。見るまでもなかった。同じようになっているのは当然だ。二人はそういう仲なのだ。誰に憚る必要もないし、互いに隠し立てする理由もない。

どの部位を洗うときよりも注意深く、佳人は手にしたものに邪心を感じさせない指使いで触れてきた。あくまでも目的を取り違えない作業に、遥は焦れったさを感じてくる。これはわざとだろうか。いや、佳人に限っては、精一杯自然に振る舞おうとしてのことに違いない。ばかめ、と心を込めて罵りたくなる。なんのためにわざわざ一緒に風呂に入っているのだ。その気がないのなら、はじめから服を脱げとは言わない。

あまりにも佳人が素知らぬ振りをするので、遥も意地悪く動向を見守るだけにした。

厄介なのは情動を抑える忍耐が保つかどうかだが、この後ベッドに押し倒すことを考えれば、多少の我慢がかえって媚薬の役目を果たす。遥は少なからず楽しんでいた。人が悪いと言われてもかまわない。いつまでも素直にならない佳人が悪いのだ。

「遥さん」

洗っているうちに硬く屹立してきたものに、佳人がとうとう困惑した声を出す。

「……あの。……一度、出しますか……？」

消え入りそうに小さい声だった。

「おまえの好きにしろ」

遥は他人事のように答えて、目を閉じた。

胸を大きく膨らませ、息を吐く。そうして気を紛らわせなければ、今にも欲情に満ちた溜息を零しかねないほど体が昂《たかぶ》っているからだ。

「遥さん」

もう一度佳人が遥の名を口にして、ほうっと嘆息する。

意地悪です、とその吐息が語っているようだった。

佳人の手が一度離れ、シャワーを取る音がする。降り注いできた湯が、泡にまみれた全身を上から下へと流していく。

股の間にも湯が当てられた。

腕も足も背も、洗い立ての石鹸の匂いだけ残してさっぱりとする。

佳人のことだから、こうしてうやむやのまま終わらせてしまうのもあり得そうな気がしていたので、遥は特別落胆はしなかった。

ところが、佳人は遥が思っていた以上に大胆だった。

再び遥の屹立したものに手を伸ばし、横から膝に胸をつけるようにして身を屈め、指で支え立たせた先端を口の中に含み込む。

心構えしていなかった遥は「う…っ」と呻《うめ》いて顎を反らした。

ぐしゃり、と佳人の頭を指で掻き混ぜる。

湿った髪が指に絡んできた。

湯気が立ちこめてけぶった浴室に、淫らな水っぽさに満ちた音が反響する。

遥は息を荒げて、何度も胸や腹の筋肉を膨らませては引っ込ませした。

「離せ」

出る、と言う代わりに、遥は切羽詰まってそう言った。

佳人は緩く首を振る。その拍子に軽く歯が当たり、遥にさらに息を詰めさせた。

「離せ」

もう一度強く言う。

言ったのと同時に遥は頭の芯に眩暈《めまい》がするほどの強烈な痺れを感じ、堪える暇もなく禁を解いてしまった。

吐き出したものは佳人がすべて受けとめる。

ああ…、と遥は恍惚《こうこつ》とした声を洩らし、全身を突っ張らせていた力を抜いた。

佳人が口元を手の甲で拭いながら身を起こす。

そのまま離れようとした佳人を、遥は肩を抱いて強い力で引き寄せた。

荒い息を押しつけるように口づけする。

「だめ、です…！」

唇の隙間をこじ開けて舌を差し込むと、佳人はおののいて腕を突っ張らせ、遥を押しのけようとした。だが、遥の抱く力のほうが佳人の抵抗する力よりずっと強い。

「俺のだ」

遥は佳人の顎を摑み、荒々しく口の中で舌を暴れさせた。すみずみまでまさぐる。舌に感じる味は苦かった。無理をしやがってという、愛しさに満ちた気持ちがふつふつと湧き上がり、その苦みが消えるまで舌を使わずにはいられなかった。

次第に佳人の体から力みが失せていく。

気がつくと、佳人からも遥の背中に腕を回して抱きついてきていた。

「風呂に入れ」

ようやく唇を離し、遥は陶然《とうぜん》としている佳人の頬を軽く手の甲で撫でて促した。赤く火照《ほて》った唇と、濡れたような黒い瞳に強烈な色香が匂う。

佳人は素直に頷き、先に浴槽に入って肩まで身を沈めた。続いて遥も入る。

男二人の体積で湯がいっきに溢れ出た。

浴槽の向かいの壁にはガラスの一枚板を塡め込んである。外はとうに暮れていた。暗くなると自動的にセンサーが働いて庭のあちこちに配した灯籠《とうろう》型の常夜灯がつく。浴室の窓から眺められる坪庭にも、温かみのあるオレンジ色の明かりが灯っていた。

小さな池の周囲に、美しい紫の花が並んで咲いている。菖蒲《しょうぶ》だ。

「綺麗ですね」

同じものを見ていたのか、絶妙なタイミングで佳人がしみじみ洩らす。

「そうだな」

遥も珍しく柔らかな声で相槌を打った。

そういえば、そろそろあいつの命日だ。

あいつ、と思い浮かべた弟の顔は、もう遥に以前のような胸を刺し貫かれるほどの苦々しい気持ちは抱かせなかった。遥の中でなにかが吹っ切れたのだろう。たぶん、去年、墓前で佳人に弟との確執を語ったときから。

「あれからもう一年か」

唐突に遥が言っても、佳人は不審な顔はしなかった。遥がなんの話をしたのかわかったらしい。不思議と佳人とはこんな感じで思考がシンクロする。

「遥さんがよければ、またご一緒させてください」

佳人は控えめに言った。

一面識もないはずの遥の弟に、佳人は佳人なりの感慨を持っているらしい。

この件に関してははっきりとした返事をせず、遥は佳人のうなじに一瞬だけ指を走らせた。佳人がビクッと肩を揺らし、首を竦ませる。

「先に上がっている」

「は、はい」

うなじを右手で押さえたまま佳人は洗い場に出た遥を振り仰ぐ。

「少し早いが、二階に来い」

寝るぞ、という意味だ。わかり切ったことだから、佳人は黙って俯き、じわりと耳朶《みみたぶ》を赤らめた。

遥は佳人が用意しておいてくれたバスローブを羽織り、洗面台の前で髪を乾かし、歯を磨いた。その間、浴室からは佳人が髪と体を洗っているらしい物音がしていた。

シャワーの音が続く中、遥は脱衣所をあとにした。

戸締まりを確認して回るとき、台所の流し台も覗く。几帳面な佳人は二人分の食器をきちんと食器洗い乾燥機にセットして浴室に来ていた。遥のすることは何もない。冷蔵庫からミネラルウォーターのペットボトルだけ取って、二階に上がる。

二階には三部屋あった。六畳程度の洋間が二つと八畳の和室が一つだ。

秋の終わり頃から、洋間の一室を二人の主寝室にした。そこにはダブルサイズのベッドが一台据えてある。万一喧嘩でもして気まずくなり、一緒に寝たくないときには、どちらかが和室に布団を敷いて寝ればいいと思い、それまで別々の部屋で寝ていたのを取りやめた。今のところ、幸いにも和室は使われていない。遥が出張でいない夜を除けば、二人はずっと一緒に寝ていた。一緒に寝るからといって毎晩しているわけではないが、腕を伸ばせば触れられる近さに相手が寝ている状況は、確実に二人の関係をより密接にしている気がする。それまでは、たいてい遥のほうが、照れ隠しにわざとぶすっとした無表情を作り、佳人の部屋をノックしていた。そんな手間がいらなくなったぶん、抱き合う回数も増えた。やはりこれが自然なのだろう。互いに同じ気持ちでいるとわかってからも、しばらくの間二人が別々の部屋で寝ていたと聞けば、呆《あき》れ果てた唸《うな》り声を出す人間は多いに違いない。

ベッドに入って夕刊に目を通していると、パジャマを着た佳人が入ってくる。

遥は新聞を畳んでサイドチェストの上に置いた。

脱がされるのを承知でわざわざパジャマを着てきた佳人が小憎らしい。だが、確かに服を剝《は》ぎ取って裸にするのは、男の征服欲を満たす大事な行為だ。

遥の隣に入ってきた佳人は、遥がすでに全裸でいることに驚かなかった。いつもそうだからだ。ほっそりとした体を組み敷いてのし掛かる。

佳人は目を瞬かせた。哀願するように両サイドに置かれている大きめのナイトランプに視線を動かす。消してくれと頼んでいるのだろうが、遥は無視してしなやかな首筋に顔を埋めた。清々しい石鹸の香りがする。

唇でそっと肌を啄《ついば》み、キスを繰り返しつつ、指は早速パジャマのボタンを外していった。さっき一度佳人にいかされているので、遥には余裕がある。

今度は遥が佳人を泣かせる番だ。乱れて喘ぐ姿を想像すると、ぞくぞくする。

前を開かせたパジャマの上衣を、腕を抜かせて剝ぎ取った。

つんと立った乳首が胸の左右にアクセントをつけている。指の腹で押し潰すようにして刺激してやると、半開きになった唇から感じているのを隠せない声が洩れた。弱いのだ。こんなふうに仕込んだのは遥ではない。だが、遥は佳人の過去に嫉妬するつもりはなかった。それがどれだけ佳人を苦しませるか、考えるまでもない。佳人の過去も現在も未来もすべてひっくるめ、遥は愛している。面と向かってはなかなか言えないが、本気で愛していた。

指で刺激して硬く充血させた乳首を片方ずつ唇と舌で弄《いじ》った。

シーツに這わせている佳人の指が、快感を堪えるようにときどき爪を立てる。ギリギリまで声を出すまいと無駄な努力をする口からは、ひっきりなしにせつなげな息が吐き出された。一度乱れ始めれば歯止めが利かなくなり、どんどん淫らになると自覚しているらしい。我を忘れて淫らになる佳人は、言葉にできないほど綺麗だ。遥は普段とは違うその姿を見て、この姿はこの先二度と他の誰にも晒《さら》させたくないという強い独占欲に駆られる。逆に、遥の前でならどれほどはしたなく乱れようとかまわないはずだろうに、と思い、佳人の強情さを罰してやりたくなった。

口を使って胸を責める一方、右手は脇を辿って腰まで下ろし、ゴムの入ったパジャマのズボンに手を忍び込ませた。

下着は穿《は》いていない。寝るときには穿くな、と一度言って以来、それを守っている。こういうところは実に素直なのだ。

いっきに腰からズボンを引き下げた。

無防備に剝き出しになった下腹の中心をまさぐり、握り込む。

佳人の腰が大きく揺れた。手にしたものはすでに芯を作り、強張っている。感じやすい部分を指の腹でなぞり上げてやると、それだけで硬度が増した。やがて先端が湿ってくる。

遥は肌を上気させて喘ぐ佳人の唇に、自分の唇を押し当てた。弾む息を吸い取るように深く口づける。

瞳はしっとりと濡れて光り、明かりの下で黒曜石《こくようせき》のように煌《きら》めいた。縋《すが》りつく視線にさらに情動を煽られる。

膝まで下ろしていたズボンを脱がせ、太股の間に膝を入れて股を割り開く。

佳人が羞恥にまみれた声をたて、遥の胸に顔を伏せて隠す。

ずっと動かして刺激し続けてやっていたものは、弾ける寸前にまで追い込まれていた。ぬめっ

た液で遥の指も濡れている。割れ目をまさぐると、とろりとした雫が浮き出てきて、佳人は切れ切れの嬌声《きょうせい》を上げながら腰を揺すって身悶《みもだ》えた。

遥の昂奮も高まっていた。

すんなりとした足を抱え上げ、シーツから腰を浮かせる。

佳人は従順だった。自分からも遥が行為しやすいように振る舞う。

潤滑剤を使って濡らした指できつく窄《すぼ》んだ奥を開かせ、筒の内側を十分に広げて準備する。奥深くまで指を入れて慣らしている最中に、佳人は一度啜り泣きしながら射精した。堪え切れなかったようだ。

ぐったりと弛緩《しかん》している体を抱きしめ、猛ったもので貫いた。

尖った顎が後ろに仰け反り、白い喉が露《あらわ》になる。

震える首筋に唇を辿らせ、ワイシャツの襟で隠れる位置だけを狙って、初雪を踏むような気持ちで赤い鬱血《うっけつ》の痕を散らした。

「遥さん、……遥さん！」

佳人が切羽詰まった声で連呼する。

遥は腰を突き動かすスピードを上げた。抜き差しする際に湿った粘膜同士が擦られてたてる淫《いん》猥《わい》な音がする。

頭の中で火花が散った。

ああ、と充足感に満ちた吐息が出る。
至福の瞬間だ。
遥は快感に震えている佳人の体を、強く抱き竦めた。

川口組のナンバー2である東原辰雄《ひがしはらたつお》が、「会おうぜ」と遥に電話をかけてきたのは昨日だ。車での移動中、携帯電話に連絡を受けた遥は、「わかりました」と手短に答えて切ると、助手席に乗っていた佳人に声をかけ、翌日の夜のスケジュールを空けるようにと言ったのだ。

東原と遥は奇妙な縁でしっかりと結ばれた親友同士だ。片や暴力団と称される組織の大幹部。片や遣り手の実業家。歳は東原が六歳上だが、相手に対する心酔度が強いのは、むしろ東原のほうだ。傍目《はため》から見ている佳人にはそう映る。

二人の絆は昨年秋に起こった遥の拉致監禁事件を機に、ますます強まったのだろう。あれは、思い出すだけで身震いがするくらい嫌な出来事だった。もう二度と起きてほしくない。あんな事件がもう一度起きたなら、果たして佳人にまた同じことができるかどうか自信がない。あのときはとにかく無我夢中だった。東原が、親密にしている弁護士に力添えを頼んでくれたからこそ、どうにか遥を無事取り戻せたのだ。佳人一人では何もできなかった。おかげで佳人にも、貴史という信頼できる友人ができたのだが、お互い多忙でなかなかゆっくり会う暇を作れない。たまに電話やメールの遣り取りをして近況の報告をし合うばかりだ。

あれ以来遥は、東原が手配したボディガードに陰ながら身辺を警護されている。東原の配下の者が交替でついているらしく、遥自身でさえ、いつ誰にどう守られているのか定かでないようだ。仰々《ぎょうぎょう》しいのを鬱陶しがる遥には、このほうが前までのようにあからさまな警備保障会社のガードマンよりいいらしい。佳人にしても、年がら年中巨漢の男が傍にくっついていると、正直少し息が詰まりそうだった。東原には感謝している。同時に、あんなすごい地位にいる男に惚れられている遥にも感嘆する。そのうち遥を東原に取られるのではないかと思うと不安だが、東原と佳人ではタイプが違いすぎて、比べものにならない。佳人は遥の気持ちを信じているしかなかった。

スケジュールは時間をずらしたり、急ぎでない案件を違う日に入れ直すことで、たいして苦もなく空けられた。

翌日、遥は佳人も同行させた。

遥が向かったのは新宿《しんじゅく》の外れにある、洋館を改装して営業している会員制のバーだった。店には看板は出ておらず、たぶん、知る人しか訪れない感じの、秘密めいた店だ。遥は前にも来たことがあるような勝手のわかった様子で玄関ドアを開け、薄暗いエントランスロビーを奥へと進んでいく。

フロアとの仕切りに掛けられたロイヤルブルーの緞帳《どんちょう》が内側から分けられ、店内と思《おぼ》しき場所から黒服を着た小柄な青年が出てきた。若いがこの店のマネージャーらしい。マネージャーは遥の顔を知っており、深々とお辞儀をして「いらっしゃいませ」と歓待すると、「先ほどからお待ちになっていらっしゃいます」と東原のところまで案内した。感じのいい人で、佳人にも親しみを込めた視線を向け、にっこり微笑む。

バーの中もかなり照明が落とされていて暗く、足下がよく見えない。店内は広々としていたが、本当に営業中なのかと訝しくなるほど客の姿が見当たらなかった。カウンターに一人、スーツを着た男がいる。バーテンダーは一人客の静かな時間を邪魔しないようにという心配りか、離れた位置で黙々とグラスを磨いていた。遥と佳人が入ってきたときだけ手を止めて、落ち着いた深みのある声で挨拶してきた。

東原は最も奥まった位置にあるボックス席についていた。

「よお」

二人を見ると、いつもどおりの不敵な笑顔で迎える。

テーブルの三辺を囲むような形でアメリカ製の大きなソファと安楽椅子が据えてある。東原は奥のソファの真ん中に座り、足を組んでいた。遥が左手の安楽椅子に腰掛ける。佳人は二人の話の邪魔にならないよう、遥の陰になる位置にあるスツールに座った。

「まぁ、まずは乾杯しようじゃねぇか」

東原が苦み走った声でボトルを勧める。

黒服のマネージャーが滑るような動作でやってきて、手際よく水割りを作り、三人の手元に行き渡らせた。

「佳人」

東原が前屈みになって身を乗り出すようにし、佳人の目を見据えて右側の安楽椅子を顎で示す。

「あっちに座れ。遥の傍にくっついていたい気持ちはわからなくもねぇが、背凭れのある椅子のほうが楽だろう」

佳人は恐縮しながらグラスを持って席を移動した。遥と真正面から向き合う位置に座り直す。

遥はちらりと佳人を見たきりで、もっぱら東原に顔を向けていた。それは当然だ。今夜は東原に用事があると言われて来たのだ。佳人は付き従ってきただけに過ぎない。

「どうだ、事業のほうは？」

東原は水を飲むように濃い水割りを傾けつつ、遥と話し始めた。

「おおむね順調と言っていいんじゃないですか。今のご時世、同業者から逆恨みを買うほど儲《もう》かりはしませんが、どの会社もいちおう決算で黒字が出ましたからね」

「そいつは結構なことだ。で、その後おかしな連中につき纏《まと》われてやしないんだろうな？」

「ええ。それはありませんよ、辰雄さん」

東原が真剣な表情で遥をじっと見据える。遥も顔つきを引き締め、真摯《しんし》に返した。

「本当にあの節はお世話になりました。ご心配をおかけして、すみません」

「そうだな。二度とああいうことはなしにしておいてほしいもんだ」

ゆっくりと、嚙みしめるような口調で東原が答える。秋の一件を反芻し、つくづく遥の運の良さを思うのと同時に、苦々しい気持ちがぶり返したのだろう。まさしく東原はそういう表情を浮かべていた。佳人も同じ気持ちでいるだけに、自分のことのようにわかる。

東原は、遥から視線を逸らさず、おもむろに足を組み替えた。そして、遥が神妙に頷くのを見定め、ようやく鋭くしていた目つきを和らげる。こうして定期的に釘を刺しておかなければ、また思わぬところに隙が生じ、またもや大変なことにならぬとも限らない。東原は暗にそう言いたげだった。

この件に関しては、佳人もおおいに東原から遥に意見してもらいたかったので、幸いな気持ちで聞いていた。もし今夜呼びだした理由がこれなら、願ってもないことだ。

佳人とは裏腹に、遥はきまり悪そうな顔つきをしている。もう半年も前のことをまだ繰り返されるのか、と溜息をつきたくなる心境もわからなくはない。だが、さんざん心配させられ、気を揉まされた佳人たちからすると、遥はこのくらいのバツの悪さは味わっていいと思う。本当に、本当に皆、心配したのだ。胸板を叩いて罵りたくなるほど、不安だったのである。

「ところでな、遥」

東原が語調を変えた。

俯きがちになっていた遥は、気を取り直した様子で顔を上げ、話の続きを促すような目で東原を見た。

「香西の親父さんがいよいよ俺ンとこにまで例の件をせっついてきやがったぜ」

「例の件？」

遥の切れ長の目が訝しげに細くなる。

「クルージング」

東原は人の悪そうな薄笑いを浮かべると、端的に答えた。

ああ、と遥が声に出さずに納得し、むすっと唇を引き結ぶ。聞かなければよかったと顔に書いてある。まるで拗《す》ねた子供のようだ。

佳人はおかしくなり、口元を綻ばせた。目にもおかしいと感じている色が交ざっていたのだろうか。正面の遥が不機嫌そうに佳人を睨んでくる。佳人は慌てて目を伏せた。ごまかすようにグラスを取って酒を少しだけ啜り、その場を凌ぐ。

「船は酔うんで苦手だってことにしといてもらえませんか、辰雄さん」

遥が柄にもなく弱った声で東原に頼み事をする。

しかし、東原は「ばか言うな」とあっけなく突っぱねた。

「前々から話だけ何度も出ていて、そのときにはそんなこと一言だって言ってやしないんだろうが。遥、親父さんから頼まれておまえを口説くと引き受けた以上、俺にもメンツがあるんだぜ。それに第一、今回に限っては、おまえさんは香西の親父さんに大きな借りがある。そうだろう?」

「確かに」

遥も潔《いさぎよ》く認め、深く頷いた。

東原同様、グラスを呷り飲み干してしまう。

空いたグラスはすぐにマネージャーが新しいものと交換していった。佳人が半分も飲まないうちに、底なしの二人は軽く二杯空ける。とてもついていけないペースだ。

どうやら東原が今晩遥を呼び出した本題はこのクルージングのことらしい。佳人は二人を交互に見やりつつ、成り行きを静観した。

「腹を括《くく》っていっぺん付き合ってやってくれ」

ニヤニヤ笑いながら東原が言う。怒ってはいないし、凄味を利かせるわけでもないが、圧倒的な押しの強さがある。なまじっかな人間には否と断る勇気は出せない雰囲気だった。

「わかりました」

遥は東原の押しに負けたわけではなく、義理を感じてそれに背けないという感じで、意を固めたかのごとく返事をした。

「そうか」

満悦したように唇の端を吊り上げ、東原が相槌を打つ。

「遥、親父さんは最近ちょっとばかし鬱《ふさ》ぎ気味だ。昔みたいな覇気が感じられねぇ。まだまだ呆けるには早いから一時的なもんだとは思うんだが、ここいらで海風にでも当たって気晴らしするのがいいだろう。もちろん親父さんが鬱いでいること自体は、おまえさんにはなんの関係もない話だ。それよりおまえさんが義理を果たさなきゃならねぇのは、秋の一件で親父さんに世話になったことのほうだ。あのとき親父さんがクルーザーを貸したおかげで、おまえたちは無事だった。そうなんだろう?」

「ええ。そのとおりです、辰雄さん」

はっきりとした感謝の意を込めて遥が肯定する。

「口添えしていただいた辰雄さんにも、このとおり恩に着ています」

「ばか。俺のことはいい。何度も言っただろうが！」

遥にあらたまって頭を下げられた東原は、気まずそうに顔を顰《しか》めた。

それをごまかすように、いきなり佳人の方に向き直る。

「佳人」

唐突に目が合ったので、佳人はギクリとして心臓を引き絞られた心地がした。東原の鋭い眼光に晒されては、なかなか平静でいられない。全身が緊張して強張る。

「今夜おまえにも来てもらったのは、遥と一緒にクルージングに参加してやってくれと頼みたかったからだ」

「はい」

佳人は話の流れからこうくるだろうことは予測できていたため、すでに心の準備をしていた。

遥が一緒なら、佳人はどこに連れ出されようと躊躇わない。相手が昔自分を囲っていた香西だというのはいろいろ複雑な思いもあるが、遥さえ納得しているのなら、佳人自身の中ではすでにケリのついたことだ。佳人はそっと遥に視線を伸ばす。

ちょうどこっちを見ていた遥と真っ向から目が合った。

遥の目は探るような色を湛《たた》えていた。おまえ大丈夫なのか——そんなふうに心配されているのを感じ取る。

「おれはかまいません。喜んでお供させてもらいます」

東原に視線を戻して答えつつ、実際には遥に向けて言っていた。

目の隅で窺っていた遥の顔が、ふっと緊張を緩めたようだ。焦点を合わせていないのではっきりとしないが、そう感じた。

「相変わらず、腹の据わった返事だな」

東原は目を細め、感心した素振りを示した。

「遥。おまえさんが何を渋っているのか、聞くだけ野暮だから聞かないが、そいつは杞憂《きゆう》というものだぜ。あれから一年以上経ったんだ。香西の親父さんも、佳人のことは昔と違う目で見るだろうよ。よけいなことは考えず、素直に海だけ楽しめばいいんだ」

「辰雄さんも行くんですか?」

遥の問いに東原は肩を竦めてみせた。

「もしかして、貴史さんもいらっしゃいますか?」

佳人も便乗して聞いてみた。

「あいつは来ない」

東原の返事はにべもなく、佳人が期待したものとは違った。久しぶりに貴史に会えるかもしれないと思ったのだが、当てが外れて残念だ。

クルージングの日取りは追って連絡すると東原は遥に言った。たぶん来週の土曜か日曜のいずれかだろうとのことだ。香西自慢のキャビンクルーザーで海に出て、ブッフェ形式のランチを愉《たの》しむらしい。佳人も昔、何度か香西に付き合わされたので、雰囲気は難なく想像できた。要するに海上で開くパーティーのようなものだ。

気がかりがあるとするなら、香西がどの船を出すつもりかということだけだった。

願わくば、秋に助けてもらったときの船でなければいい。もしあれだとすれば、佳人は大層気まずかった。遥も同様だろう。なにしろ、香西の船だということも忘れ、無我夢中で求め合ってしまったのだ。冷静になって考えると、非常識なことをしてしまったと反省しきりだ。しかし、あのときは身も心も昂り切っていて、ああしなければ収まりがつかなかった。生き物は、身の危険に晒されると生殖本能を強くすると聞く。自分は死んでも子孫を残そうという本能が働くらしい。佳人と遥の場合は男同士だからちょっと事情が違うが、感覚的には同じことだ。

できれば違う船がいいとは思うのだが、可能性として、この前の船を使うのが最もありそうだった。なぜなら、あれが最新式で、一番新しく購入した船のはずだからである。香西もせっかくの集まりには、見栄を張りたいに違いない。あの船を皆に自慢したいだろう。

仕方がない。佳人は腹を括って臨《のぞ》むことにした。そうしていれば、いざあの船を見ても動揺せずにすむ。

「それじゃあ、よろしくな」

気がつくと二人は話を終えて引き揚げの挨拶をしているところだった。東原はこの後どこかに行かなくてはならない用事があるらしい。佳人の頭にちらりと、貴史と会うのかなという考えが浮かぶ。理由はないが、なんとなくそんな気がした。

店の外で迎えの車に乗り込んだ東原を見送ったあと、遥は佳人を誘って車も人もあまり通らない道を散歩するような足取りで歩き出した。

「俺も小心者だな」

ぽつりと遥が自嘲《じちょう》めいた言葉を洩らす。

「なぜですか？」

佳人は首を傾げた。少なくとも佳人は遥をそんなふうに思ったことはない。

遥は答えず、一歩後ろを歩いていた佳人を振り向くと、横に来いという目つきをして歩幅を狭くした。

肩を並べて歩くのはめったにないことだ。

人通りのある道に出るまでのほんの少しの間、夜道を二人で靴音を響かせながら進む。今夜はもう中村を帰らせているので、タクシーか地下鉄で帰宅しなくてはならない。

「タクシー、捕まえますか？」

車が行き交う通りが前方に近づいてきたところで、佳人は遥に聞いた。

「いや。もう少し歩きたい」

どうした気まぐれか、遥はそう答えた。

意外だったが、佳人もしばらくこのまま並んで歩き続けていたい心境になっていたので、嬉しかった。

頬を掠めていく夜風が気持ちいい。

なにか思いつくたびに、どちらからかぽつぽつと交わす会話も心地よかった。たとえ話が続かなくても、ぎこちない雰囲気は風が流し去ってくれた。一緒に歩いているだけで胸が弾む。足も軽くて、ふわふわした絨毯の上を踏みしめている心地だ。

どこかでこんな感覚を味わったことがあると思って記憶を手繰《たぐ》り寄せてみた。ああ、そうか。中学生だった頃、他の女の子たちより少しだけよけいに仲よくしていた女友達がいた。その子と登下校の際に並んで歩いたときの気持ちが今とオーバーラップする。学生時代は登下校の道行きが主なデートの場所だった。デート、などという感覚は佳人の側にはなかったが、相手からそう言われて、これがそうなのかと思った覚えがある。確かにあれは初々《ういうい》しくも恋だった気がする。二人でいるといつもより心が弾んだし、歩く道が短すぎるように感じていたからだ。

考えてみれば、遥と二人でこんなふうに道を歩くのは初めてだ。普段二人と接している人々が、自分たちの関係を見て、奇妙に思っても仕方ないのかもしれない。

「なんだか……おかしな気分だな」

唐突に遥が呟いた。

まるで佳人の考えを読んだようだ。まただ、と佳人は目を瞠《みは》った。黙りこくって同じことを考え、似たような結論に達する。そんなことが重なるたびに、佳人には遥が他人とは思えない気持ちが深まる。

「遥さん、こういうふうに歩くのは好きでしたか?」

聞いていいものか迷ったが、佳人は思い切った。遥が大学時代に恋愛面でとても辛い目に遭《あ》ったことは本人から聞いて知っている。本来なら、その傷口に触れないようにするのが思いやりなのかもしれない。しかし、佳人は辛いことも悲しいことも全部ひっくるめて遥と一緒にありたかった。遥にもその気持ちは汲んでもらえているだろう。遥の味わわされた気持ちは遥にしかわからないが、佳人にも理解しようと努力することはできる。傷は膿《う》んだまま放置しておくといつまでも治癒しない。いっそ切って抉《えぐ》って原因を取り除いたほうが、そのときは痛くても治りは早いものだ。

遥は二、三歩黙って歩いてから、「ああ」と喉を詰まらせたような声で返事をした。

「貧乏だったからいつも歩いてばかりだった。今とは大違いだな」

「おれも歩くのは好きだったんです」

佳人も短く返す。好きだった。だが、途中から歩けなくなった。十年間、籠の鳥だったせいだ。外を歩かせてもらった覚えはほとんどない。どこに行くにも車だったのだ。

「たまには歩くのも悪くないいな」

「時間に追われていなければ、いつでもこのくらいの時間は捻出《ねんしゅつ》できるんですけど。遥さんは、忙しすぎるんです」

「がむしゃらだったからな。余所見《よそみ》をする時間も惜しんで働いてきた。だがまぁ、そろそろやり方を変える頃合いかとも考えている」

これは初めて聞く話だった。遥がそんなふうに考えていたとは、今知った。やり方を変えるとはどういう意味だろう。できれば佳人はこのまま遥の助けになれる仕事がしたい。しかし遥の気まぐれぶりは嫌というほど思い知らされているので、どうなるかは遥の胸三寸だ。

佳人の不安がる気持ちが遥にも感じ取れたのか、遥はふっと溜息をつくように微かに笑った。

「心配しなくても、俺はおまえを離す気はない」

「遥さん」

佳人は俯きがちにしていた顔を、弾かれたように上げた。

「むしろ逆だ」

逆、とだけ言って遥はそのまま口を閉ざす。いちいち気持ちを全部説明しないのが遥の常だ。端的に洩らされる言葉から真意を汲み取るしかない。佳人にわかるのは、遥がこの先も佳人と一緒にこうして同じ場所に立ち、歩いていきたいと考えているらしい、ということだけだった。それだけわかっていれば十分である。

「クルージング、大丈夫か?」

遥が思い出したように話を戻した。

「はい、おれのほうは。もう、気持ちの整理はつけていますから」

「ならいい」

どうやら遥は佳人のためにこの件に難色を示していたようだ。佳人が心を揺らがせないと遥に向かってはっきり答えたことで、遥自身も迷いを捨てたらしい。声にそれが表れていた。

「遥さんは、大丈夫ですか?」

佳人もいちおう遥の気持ちについて聞いたのだが、遥は苦々しげな顔をして思いがけないことを白状する。

「酔うのは本当なんだ」

「え?」

その話は冗談、もとい単なる言い訳だと思っていただけに、佳人は意外さに目を丸くした。きっと東原もまさかと笑い飛ばしてすぐには信じないだろう。

「前に無理やり海釣りをやらされて、大変な目に遭った」

ぶすっとしたまま遥が続ける。

「みっともないから今まで黙っていただけなんだ。東原さんにも信じてもらえなかったようだがな。俺も見栄っ張りだからな……」

「でも、この前は平気でしたよね?」

「執行がこっそり酔い止めをくれたんだ」

「遥さん」

佳人は急に遥がふて腐れた高校生になった気がして、笑いが込み上げるのを押し殺すのが大変だった。

さりげなく遥の二の腕に手を添わせる。

「今度はおれがいい薬を飲ませてあげます」

「ふん」

そっぽを向いたまま遥が鼻を鳴らす。

どさくさに紛れたようにして、指の長い遥の手が、腕にあった佳人の手を掴み、一度強く握り込んでから離れた。

握られたときの感触と熱が、佳人の手にしばらく残っていた。

五月半ばの土曜日。マリーナの手前の駐車場で車から降りた遥は、桟橋に立っている東原と香西の姿を認めると同時に、彼らの背景にある大型のクルーザーボートを見て「あれか」と胸中で呟いた。

黒い船体で喫水線《きっすいせん》の位置付近に赤いラインが引かれ、白のキャビンが載っている外観から、一瞬秋に乗せてもらったものと同じ船かと思ったが、あれよりも少し大きい。おそらく、前のものを売り払ってこちらと買い換えたのではないかと遥は想像した。もし遥が香西の立場なら、やはりそうすると思うからだ。

香西は明らかにまだ佳人に未練を持っている。クルーザーを操縦していた男から二人がキャビンにずっと引き籠《こ》もっていたと聞かされれば、そうなると半ば予測していたとしてもやはり面白くないだろう。救ってもらっておきながらなりふりかまわぬことをしたものだ。事件後すぐ、東原と一緒に一度香西を訪ねて礼を言いはしたが、こうして落ち着いた頃にあらためて顔を合わせるとなると、なんとも気まずくなってくる。

遥はドアを閉める音に振り向いた。運転席から佳人が降り立ったところだった。細いボーダー模様のTシャツに撥水加工をしたパーカーを重ねた姿の佳人は、スーツを着てネクタイを締めた普段よりずいぶん若く見える。きっとこいつは何歳になっても年齢不詳に綺麗なんだろうな、と思わせられた。

「遥さん、これ」

車のフロントを回ってこちら側に歩み寄ってきた佳人が、遥に袖無しのダウンジャケットを差し出す。車内に置いてきたのを持ってきてくれたのだ。遥は黙って受け取ると、綿シャツの上に着た。

「おーい！」

遠くから東原が大きく腕を振っている。駐車場にいる二人に目敏《めざと》く気づいたのだ。

傍らにいたはずの香西はいつのまにか姿を消していた。先に船に乗り込んだのだろう。

遥は佳人にちらりと視線をくれて促すと、桟橋に向かって歩き出した。

いったい誰の行いがよかったおかげなのか、今日は憎らしくなるほどの快晴だ。風が髪を揺らして心地よく吹き過ぎる。海も静かに凪《な》いでいた。まさにクルージングにはうってつけの日和である。そのためマリーナの駐車場は予約スペースを除いて満車状態。船着き場や桟橋、ボートハウスのレストランも人でいっぱいだった。

桟橋にいた東原は近づいていく遥と佳人の姿をニヤニヤした笑顔で迎えた。東原も、海のレジャーを楽しみに来た若手の会社重役といった様子をしている。手にしていたキャップを被るとさらにその印象が強まった。

「香西さんは中ですか？」

挨拶に続けて遥が聞くと、東原の顔つきに揶揄《やゆ》する感じが増す。明らかに事態を面白がっており、遥の傍らにいる佳人に意味ありげな視線をくれる。

「いざとなったらどんな顔して会うか決心がつかなくなったんだろ。おまえさんたちに気づいた途端、シェフに料理の指示をしなきゃならんとかなんとか言い出して、先に乗船しちまった。だがまぁ、中で会えばいつもどおりに振る舞うだろうよ」

俺たちも乗ろう、と言われて、三人で船に向かう。

出航は午前十一時の予定のはずだ。まだ二十分近くある。

タラップを踏んで船に乗り移る。

「俺たちが最後ですか？」

東原は「いや」と首を振った。

「香西組傘下の長田組《ながたぐみ》組長とその連れも今回のメンバーだが、まだ来ていない」

どうやら東原は二人をあまり快く思っていないらしい。口調にそこはかとない棘《とげ》が含まれたのを遥は感じた。

「長田穣治《じょうじ》という男だ。表向きは不動産会社をやっていて、香西の傘下にある組の中でも羽振りがいいほうだ。ここんとこ特にシノギが順調なようで、香西もなにかと目をかけているが……」

珍しく東原は歯切れ悪く言葉を濁す。こうとはっきり言えるわけではないが、なんとなくきな臭い。虫が好かない。どうやらそんなところらしい。ただ、確たる理由もなしに香西の下にいる組のことに自分が口を出す筋合いもないと自重して、今のところは様子見しているという姿勢のようだ。

「あとで紹介されるだろうから、どんな男か自分で見極めろ。連れのほうは俺も知らん」

東原はそう続けて片づけた。

東原の話からすると、クルージングに集まるのは全部で六人のようだ。今回の場合、人数が多いなら多いほど息詰まりさが薄れ、遥としてはありがたかった。面識のない二人がどんな相手であろうとも、四人でというよりは気が楽だ。仕事上嫌な人間とも腐るほど付き合ってきている。半日我慢して一緒にいるくらい、なんでもない。佳人がどう感じるかはわからないが、心配するようなことは起きないだろう。

全長約十八メートル、幅約五メートル、総トン数十九という大型ボートは、外洋にも繰り出せるだけの装備を誇る立派なものだ。

東原に続いてキャビン内に入る。

フライングブリッジの真下に当たるメインサロンに、レストランから借りてきたシェフとその助手を前に料理と酒の打ち合わせをする香西の姿があった。洋装の香西を見るのは初めてだ。どっしりとして横幅のある体軀は、ラフなレジャー用の衣服を着ていても貫禄《かんろく》十分だった。

「やぁ、黒澤さん、ようこそ」

香西は顔中の皺《しわ》を深くして、上機嫌な声をかけてくる。

「本日はどうもお招きにあずかりまして」

遥は慇懃《いんぎん》に頭を下げ、礼を尽くして応えた。

「ご無沙汰《ぶさた》しておりました」

傍らで佳人もお辞儀する。

東原は三人に背を向けてサロン前方の窓ガラス越しにバウデッキを眺めていた。この場で話に加わるつもりはないようだ。

「あの節には本当にお世話になりました」

それ以外には天候の話くらいしか思いつけなかった遥は、半年前のことをまた繰り返し、感謝した。

「いや、なに。儂《わし》はそんなに何回も礼を言われるほどたいしたことはしておりませんよ」

顔は遥と向き合わせていても、香西の視線はときどき佳人にずれる。いい気はしないが文句など言えるはずもなく、遥は早くも落ち着かない気分になってきた。どんなに見ても無駄だ。佳人はもう自分のものだ。それは皆承知していることのはずである。だから遥もじりじり気を揉むことなく堂々と構えていればいいのだろうが、頭ではわかっていても、思うようにいかないのが悔しいところだ。

「そういうことは抜きにして、あなたと一度海を楽しみたかったんですわ。前々から話ばかり出ていたのになかなか実現しなかったが、やっと今日来ていただけて感謝しておりますよ。本家の若にお口添えいただいた甲斐があった」

「は。恐縮です」

「おまけに…」

香西がまともに佳人の方を向く。皺に埋もれた抜け目のなさそうな目に、祖父が孫を見るときを彷彿《ほうふつ》とさせる柔らかさが交じる。

「おまえまでよく来てくれたな、佳人」

「ご一緒させていただいて、ありがとうございます」

本来ならば、佳人は二度と香西には顔向けできないことをして、遥の許に引き取られたはずだ。遥には自分たちの関係がひどく風変わりだと思えてならない。香西は一度は切り捨て死なせようとさえした佳人に、まだ未練を抱いている。遥と香西は、いわば佳人を挟んでの恋敵《こいがたき》同士だ。東原は東原で、遥にかなり親密な友情を持ってくれている。口には出さないが、佳人も東原と遥の関係の微妙さには思うところがあるようだ。

香西はしばらく感慨深そうな目で佳人を見ていたが、この場ではそれ以上言うことを見つけられなかったらしい。

「儂はまだ少しここで打ち合わせがありますから、お三方は出航までデッキにでもおいでください」

「そうだな。そうしようぜ」

香西の言葉を受けた東原に従って、十人以上が座ってくつろげるメインサロンを出た。

ボート前方のバウデッキに向かう。

切っ先に向かって三角状になったデッキは、床も側面も眩いほどの白色で塗られている。舳先《へさき》に近い部分の左右に濃紺の救命用浮き輪が括りつけてあるが、その紐まで真っ白だ。新しい船だから綺麗で当たり前という点を差し引いたとしても、感心するほどよく手入れされている。香西の船好きが半端でないことが察せられた。

白い手摺りに凭れ、沖の方を見渡す。

マリーナから出航した船が、それぞれの目的に合わせ、沿海を航行している。真っ青な海に、白い帆つきのディンギーや、セイリングクルーザー、フィッシングボートなどが点々と見えた。それら大半の船と比べると、香西のはかなり大きい。マリーナに停泊している船を見に来ただけの人々が、感嘆と羨望を浮かばせた表情でこの船を振り仰ぐ姿が目につく。

遥は左横でやはり同じように沖を見ている佳人に視線をずらした。

鼻筋の通った横顔に目を奪われる。瞬きするたびに揺れる睫毛、遠くを見つめる穏やかで優しげな眼差し、そして柔らかく閉ざされた唇。どれだけ見ても飽きない。

風が髪をさらって吹き過ぎていく。

額に流れてきた髪を遥が無造作に掻き上げるのと、佳人が細い指で横髪を押さえたのとが同時だった。

こちらを流し見た佳人と目が合う。

目を逸らし損ねた遥は、少々バツの悪い心地を味わいながら、取り繕うのを諦め、そのまま佳人の目を見返した。

「……気持ちいいですね」

「ああ」

会話はいつもこうして短く切れてしまうのだが、心は繋がっている気がする。

遥はふと東原を気にし、目だけ動かして右横を見た。

いつのまに移動したのか、東原はそこにいない。バウデッキにいるのは二人だけだ。少しも気がつかなかった。たぶん東原は気を利かせてくれたのだろう。

デッキの手摺りから身を乗り出すようにして海を見ている佳人との距離を、遥は体を反転させることで、さりげなく詰めた。

佳人は海を。遥は遮光フィルムを貼ったメインサロンの濃紺の窓を。互いに反対方向に顔を向けながら、特に言葉もなくしばらく風に吹かれた。

無理に話題を見つけなくてもいい雰囲気が心地よい。

桟橋に目をやると、向こうから二人連れの男が小走りにやって来るのが目に入る。痩せて小柄だが態度は大きそうな中年男と、体格のいいがっしりした男だ。この船を振り仰ぎ、これだこれだ、という表情をしている。小柄なほうが長田だろう。

もう一人の男に注目したとき、遥は眉を顰《ひそ》めた。

確かあの男——。

傍らを振り向くと、佳人も手摺りから上体を起こしてそっちを見ているところだった。佳人の顔には驚きと不審がありありと出ている。

どうやら遥の記憶に違わず、佳人の知り合いの男のようだ。この間、羽田で絡むような態度で佳人と話していた男だ。近づくにつれ、はっきりとする。

遥の脳裏を嫌な予感が掠めた。

変なことにならなければいいが。

「早く上がってこい！　そろそろ出航するぞ！」

後部のスターンデッキに出ているらしい香西の濁声《だみごえ》が聞こえてきた。

「うおっ、申し訳ありません、親父さん。道が混んでまして」

言い訳がましい声は長田だろう。

遥はもう一度佳人に視線を移した。

佳人は唇をきつく嚙みしめ、混乱した様子で何事か考え込んでいるようだ。

二人が乗船するより早く、エンジンが始動し、デッキにまでその振動が伝わってきた。フライングブリッジを見上げると、コックピットの左側に操縦士が座っている。遥は男に軽く目礼した。向こうもむっつりした顔つきのまま頭を下げ返す。秋に世話になった際の操縦士と同じ男だ。頰から顎にかけて生やした髭も変わらない。

ドカドカと荒っぽい足音がして、長田と連れの男が船に乗り込んできた。

「佳人」

遥が声をかけると、佳人ははっと我に返ったような顔をする。

「おまえの知り合いか？」

単刀直入に聞く。

佳人は躊躇いがちに頷いたが、まだどこか自分でも信じ切れなさそうな、しっくりこない表情のままだ。気に入らない反応ではあったが、遥はそれ以上は突っ込まなかった。話したければ佳人から話すだろう。

「遥、佳人！」

東原がバウデッキに顔を覗かせ、中に入るぞと顎で示す。香西や長田たちはすでにキャビンに入っているようだ。

メインサロンに集まって、まずは顔合わせをするつもりだろう。

ホスト役の香西が出入り口で出迎える。

「どうぞ、お好きな場所にお掛けなさってください」

先頭に立ってサロンに入っていった東原の姿を見た途端、長田と思しき男はバネ仕掛けの人形のような勢いで立ち上がり、深々と頭を下げた。隣に座っていた大柄な男も、長田に倣《なら》う。

「しばらくご無沙汰しておりました。長田組の長田です。本家の若にまたお目にかかれまして、光栄至極《しごく》です。本日はなにとぞよろしくお願いいたします」

「ああ」

対する東原は短い相槌で応じただけだ。長田のほうが年上のようだが、纏っているオーラが違う。格の差は歴然としていた。

恐縮して頭を下げ続けている二人の前を、東原は悠然とした足取りで横切る。左舷《さげん》と右舷《うげん》の両側にビロード張りのシートが据えられているのだが、その最も上座にあたるサロンテーブルの中央付近にどっかりと席を占めた。東原が腰を据えると他の者も気が楽になる。取りあえずほっとした空気が流れた。

「こっちに座れ、遥」

東原が自分の隣に来るよう遥に言う。東原に対して一番物怖じせず気さくに付き合えるのは遥だ。遥は堅気《かたぎ》の身だから立場の上下を気にする必要もない。「どうも」と会釈《えしゃく》して東原の横に腰掛けた。

二人が落ち着いたところで、ようやく長田たちも畏《かしこ》まった態度を崩した。

長田と並んだ大柄な男が折っていた腰を伸ばし、まだそのとき立ったままでいた佳人に顔を向ける。最初は、東原の知り合いの一人だと思ったらしく遠慮がちな視線を当てただけだった。しかし、佳人の顔をしっかりと見た途端、信じ難いものに出会したように裂けそうなほど目を瞠り、ぽかんと口を開けたまま絶句する。

不可思議だったのは、佳人の態度だった。佳人はあえて男と目を合わせようとせず、そっぽを向いていた。

そのため男はあっというまに動揺を鎮め、佳人を見て驚いたことなどなかったかのごとく気を取り直すことができたようだ。おそらく、男の変化に気づいたのは、じっと態度を窺っていた遥だけだっただろう。長田はもっぱら東原に気を遣っていたし、香西もホストとして全体を見ていた。東原はといえば、今度は佳人に声をかけ、遥を座らせたのとは反対隣の、コーナー席になる最奥のシートに来いと言っていた。

佳人が恐縮した面持ちで「失礼します」と断りながら男と長田の前を通り抜ける。すれ違いざま、佳人を睨むように見た男の目は、不穏そうな陰を宿していた。このときも佳人は男を意識する素振りはまるで窺わせなかった。訳あって無視しているのだ。

佳人を奥に行かせたあと、長田と男も対面の右舷側のシートに座り直した。そちら側からはテーブルまでの間がかなり開いている。長田はきっちりと己の立場を踏まえ、下手に出た振る舞いを心がけていた。言葉遣いも謙《へりくだ》っていて丁寧だ。佳人にも抜かりなく愛想を振りまくところなど、わざとらしさすら感じる。油断のならない狡そうな目がいやらしい。腹の奥では何を考えているのか定かでなく、気を許すなと遥の脳裏で危険信号が点滅する。東原も同様らしい。態度の端々から長田を信用していないことがそこはかとなく察せられた。

遥は佳人が気になってはいたものの、それとなく注意して様子を見ているにとどめた。佳人には佳人の思惑があるようだ。香西が初顔合わせする者同士を簡単に紹介したとき、やはり佳人は男と初対面の振りをした。男は坂巻《さかまき》と名乗り、インターネットのサイトにバーチャル店舗を構える通販会社の代表者で、長田とは一年ほど前から懇意にしているという。

「見所のある男ですよ」

長田は坂巻をそう評価して褒めた。坂巻もまんざらでもなさそうな顔をしている。恐縮する様子を見せながらも、自負に満ちているのが感じられた。

「堅気だが俺らとの付き合い方を心得ている。互いの縄張りを荒らさない。領域に踏み込まない。若いのにそこんとこがきっちりしてましてね」

料理の前に酒が振る舞われると、長田はさっそくグラスを重ねて昼間からいい気分になったようだ。態度が砕けて口の滑りがよくなる。それでも香西や東原に対するときには十分言葉遣いに注意していた。そして抜かりなく褒めて持ち上げるのも忘れない。

長田は香西の趣味嗜好を熟知していて、顔に似合わず高尚な話題も豊富である。本家の大幹部を招いているクルージングに誘うほど、香西が長田を買い、信用しているのも、その巧みな話術のせいかもしれない。遥はちらりとそう思った。

べつに香西が誰とどう付き合おうが知ったことではないが、気がかりなのは、佳人と坂巻だ。坂巻は佳人にいい感情を持っていない。それは佳人を盗み見るような坂巻の陰湿な目や、どことなくピリピリした態度に出ていた。

思わぬ場所で会い、佳人が坂巻と望まぬ関わりを持つことにならなければいいが。

遥の心配はそれに尽きた。

いい感じに場が解れてくると、席を立って移動して話し相手を替えたり、デッキに出て海を眺めに行く者も出てきた。

狭い階段を数段下りたロワーキャビンにあるキッチンでは、先ほどここで香西と打ち合わせしていたシェフとコックが忙しく調理にいそしんでいる。外洋に出たらデッキにテーブルを出し、そこでランチパーティーとなる。あらかじめ下拵《したごしら》えをすませた料理をオーブンやレンジを使って仕上げ、盛りつけていた。遥はその様子をトイレに行った際に見て、豪勢なことだなと感心した。肉の焼ける香ばしい匂いに食欲をそそられもした。

ロワーキャビンにはその他に、二段ベッドが備わった部屋が二つと、それよりもっと広くて立派なオーナー用の部屋が一つある。二段ベッドの狭い部屋には、香西の部下と思しき目つきの怖い男が詰めていた。デッキでも一人見かけた。身辺警護に相当配慮している。東原が乗っているのだから、当然といえば当然だ。

メインサロンに戻ると、佳人の姿は消えていた。坂巻もいない。

香西と長田に両脇を固められた東原は、二人の話を聞いているのかいないのか、退屈した表情でいたのだが、遥を認めるとさっと立ち上がり、上に行こうぜ、と誘ってきた。

上、と東原が言ったのは、フライングブリッジのことだ。

快速で航行する船の上にいるので、風がひっきりなしに髪を乱す。東原は短いのでたいして乱れていないが、少し長めに伸ばしている遥は、たびたび額にかかる髪を掻き上げながらコックピットに上がっていった。

ハイテクを駆使したコックピットの前方に三人掛けのパッセンジャーシートがある。ここの床やシートも真っ白だ。前方から両側面にかけてワイパーのついたサッシで覆われており、屋根が被さっている。ここまでくると風は遮られ、展望室にいるような感じで上方から海が見渡せた。

いかにも機嫌よさそうに鼻歌を歌いながら船を操縦していた髭面の男が、東原を見るとたちまち緊張した。

「前、座らしてもらうぜ」

東原が気さくに声をかけると、操縦士はぺこぺこと頭を下げ、「どうぞ、どうぞ」と繰り返す。

「俺たちのことは気にするな。おまえは船の操縦に専念すればいい」

遥は東原の後についていき、パッセンジャーシートに並んで腰掛けた。

「たまにはいいだろ?」

「ええ。そうですね」

車から降りる前に佳人がくれた酔い止めを飲んだので、気分も悪くならず、確かに快適だ。

東原は前方に渡してある銀色の手摺りを握って両腕を伸ばす。

「おまえさん、あの坂巻ってやつを知っているのか?」

さすがに東原は鋭い。

遥は返事を迷ったが、ごまかしても無駄なのは明白だったので、「知ってるってほどは知りませんが」と曖昧《あいまい》に答えた。実際、遥は前にちょっと見かけただけで、名前も職業もさっき聞いたばかりだ。

逆に遥のほうが、東原に、どんな男なのか聞いてみたいところだった。

「あの男、辰雄さんはご存知だったんですか？」

「いや。俺は初対面だ」

東原は前方の海を見やったまま答える。

「だがどうも、佳人に含みがありそうだったな。さっきも佳人をデッキに誘っていたが、ザッと見渡した限り姿が見当たらないところからして、どこかの物陰に隠れて二人だけの秘密の話をしてるんじゃねぇか」

そこで東原はからかうような眼差しを遥に向けた。

「おまえさん、気にならないか？」

もちろん、気にならないはずがない。遥は東原の意地の悪そうな顔を冷静に見返し、特になにも感じていないふうを装いながらも、内心は穏やかでなかった。東原も遥の淡々とした態度は予想通りだったらしく、この強情っ張りめ、というように舌打ちしただけだ。

「ま、俺の知ったことじゃねぇからどうでもいいが。それにしても香西の親父さんも最近少し往年の慧眼《けいがん》が鈍ってるようだぜ」

「長田のことですか？」

ああ、と東原は気難しげに眉根を寄せる。

「俺が口を出すことじゃねぇが、香西組の下がごたつけば、結局はこっちにまでとばっちりがくる。俺の勘じゃ、あの男はどうもよくない」

「よくない？」

「勘だ」

東原は肩を竦め、陰気な話はやめだ、というように遥の肩を叩いて顔を近づけてきた。

「それより遥、おまえ、佳人とはその後どうなんだ。雰囲気を見てると、ちったぁ仲が進展したようじゃないか」

「俺なりに、……大事、にしてるつもりですが」

「ほう。おまえさんの口からそんな素直な言葉が出るとはな」

「辰雄さんこそどうなんです」

自分のことばかり話させられるのは気まずかったので、遥はすぐさま切り返す。

「俺がなんだ？」

「執行のことですよ」

遥が誰のことを聞いているのか承知の上で空とぼける東原に、遥は言わずもがなの名を出した。

東原もこういうところは意外と往生際が悪い。もっとも、遥には東原が貴史をどう思っているの

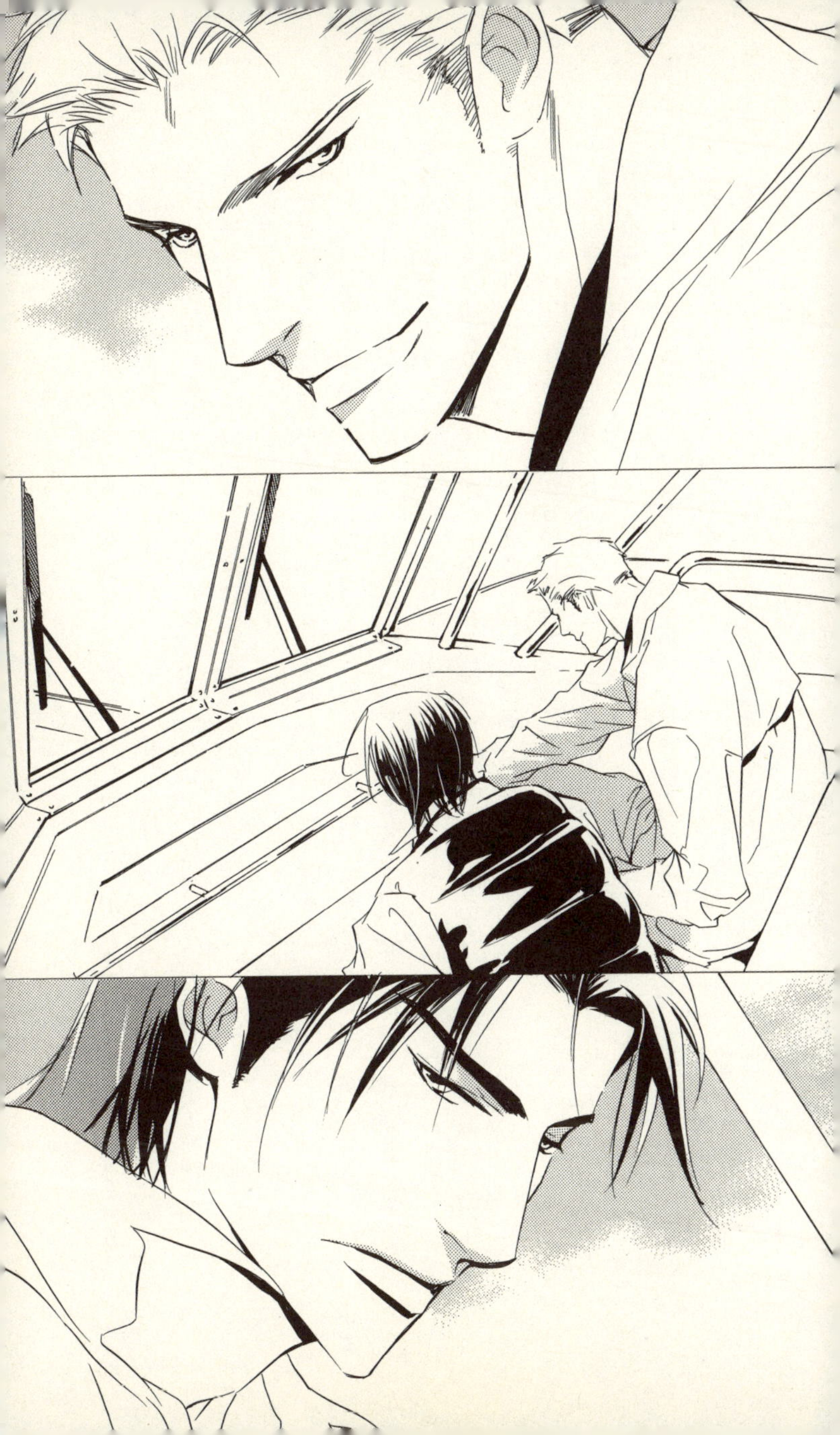

か、はっきりしたことはわからなかった。好きでもない男と二年も体の関係を持って付き合うほど相手に不自由しているわけはないだろうから、好意を持っているのは確かだと思う。しかし、その好意の程度と種類がどんなものかは定かでなかった。東原は、プライベートなことに関しては、遥を相手にしてさえめったに本音を吐露《とろ》しないのだ。

「貴史か」

東原は含みを持たせた調子で、ゆっくり噛みしめるように喋る。

「もう二年半になるな。俺にしちゃ、ずいぶん長く付き合ってるほうだ」

「執行は、あんなふうに見てくれは穏やかでおとなしそうですが、肝の据わり具合が並じゃない。辰雄さんが手放さない気持ちもわかりますよ」

「手放すとか手放さねぇとか、そんな甘ったるい仲じゃない。たまに寝るのは相性が合うからだ。単なる惰性ってやつだな。おまえさんたちとは違うんだぜ」

「いや、べつに俺もそんな、甘い付き合いはしてませんがね」

遥はきまりが悪くなり、言い訳じみたことを言った。東原が眉をついと上げ、遥に冷やかすような視線を向ける。

「それにしても珍しいじゃねぇか。おまえさんが俺のオンナ関係に首を突っ込んでくるとはな。いつからそんな器用な男になった？」

「そんなんじゃありません。立ち入りすぎなら謝りますよ」

「ばか。おまえさんと俺の間柄で今さらそんな他人行儀のセリフを吐くんじゃねぇ」

そうだろう、と東原に睨み据えられ、遥は微かに頬の肉を緩めて頷いた。この東原とのざっくばらんな関係はまんざらでもない。

率直な気持ちを言葉にして遥を窘《たしな》めた東原は、柄にもなく照れくさくなったようだ。唇を真一文字に引き結び、フロントガラスの向こうに広がる紺碧《こんぺき》の海原にしばし顔を向け、その場の微妙な空気をやり過ごしていた。

遥も黙り、規則正しいエンジン音と、船が波を切って進むときにたつ飛沫の音に耳を傾けた。

船の性能が素晴らしいため、船体の揺れは驚くほど少ない。ボートは波の抵抗をものともせず、安定した走りを続け、沖へ沖へと進んでいた。

「あいつらも似てるところがあるな」

唐突に東原が沈黙を破る。

「執行と佳人ですか？」

遥の問いに東原は言葉にしては答えなかったが、それ以外に誰と誰の話をおまえとするんだ、と言いたげな表情をしてみせた。

「かもしれませんね」

だから自分は貴史と東原のことが気になるのだろうか。二人の関係を自分たちの関係に置き換えてみたとき、遥は複雑な気持ちになった。他人のぎこちなさはよくわかる。なんだか焦れったたいと思う。しかし、当の遥自身もまた、同じように不器用なことばかりして、周囲をやきもきさせている。こうすればいいとわかっていても、いざとなると見栄や照れが先に立ち、思うようにいかない。東原もその点、同じなのだ。

背後のスターンデッキから、人の話し声や道具を運び込むような物音がしてきた。なにやら慌ただしい雰囲気だ。

遥と東原はシートを立ち、操縦席の後ろに回り込んで、下を覗いた。

ちょうどキャビンから折り畳み式のテーブルセットが運び込まれてきたところだった。ランチパーティーの準備が始まったようだ。

バーベキューやサラダ、サンドイッチなどの大皿に盛られた料理が次々とテーブルを埋めていく。

シャンパンとワインを両手に持った香西が、遥たちを見上げ、腕を挙げてきた。

「そろそろ始めますんで、若と黒澤さんも下りてきていただけませんか！」

香西は上機嫌だ。皺の刻み込まれた顔を好々爺《こうこうや》のようににこやかに崩している。せり出した腹の下でプリントシャツの裾をはたはたとなびかせながら立つ姿からは、とても普段事務所で若い衆を侍《はべ》らせて貫禄たっぷりに座しているところなど想像できない。

佳人の姿もデッキにあった。グラスを並べて手伝っている。

遥と東原も下りていき、皆と合流した。

六人揃ったところでテーブルを囲んで座り、香西が音頭を取って乾杯し、洋上でのパーティーが始まる。

遥は坂巻と隣り合わせに座り、少し話をした。

「川口組の若頭とえらくご親密そうですが、黒澤さんはなぜ杯をお受けにならないんですか？」

「誘われないからです」

探りを入れてくるような坂巻を、遥はさらっとした調子でかわす。

「たぶん、俺みたいな男は、そっちの世界に向かないんでしょう。そういうあなたは？」

「俺ですか。俺なんか、せこい商売をちまちまやってるだけですからね。黒澤さんみたいに五つも六つも会社をやって成功させでもしてりゃ、長田の親分さんも考えてくれるかもしれませんが」

「声がかかれば杯をもらうつもりがある？」

「まぁ、ねぇ」

坂巻ははっきりとは答えず言葉を濁した。目の中心が狡猾《こうかつ》そうに光る。腹に一物《いちもつ》持っている男の目だった。

反対側では佳人と香西が話していて、その声が遥の耳にもときどき届く。

「佳人、ほら、もっと飲め」

「すみません。……あ、もうそのくらいで……」

「相変わらず弱いな。そんなことじゃ、社長の相手は務まらないだろう？　黒澤さんは若頭と張るくらいのうわばみと聞いてるぞ」

「はい」

「親父さん、まぁた佳人に絡んでるのかい。よせよせ。どうせ当てられるだけなんだ」

陽気になった東原までそこに加わってくる。

いえ、そんな、と佳人が困惑する。

「黒澤さん」

そっちに気を取られている遥に、坂巻がぐっと身を寄せて話しかけてきた。

「お隣の方とは、社長と秘書以上のご関係らしいですけど、もう長いんですか?」

遥は坂巻をジロッと鋭く睨むと、返事をせずにグラスを取って赤ワインを飲んだ。今日初めて口をきいた男に答える義理はない。坂巻も遥を不機嫌にさせたとわかるや、慌てて失言を取り繕った。

「や、すいません、つい」

硬そうな髪を掻き、へこへこと頭を下げる。

「俺も好奇心が強くて、やたらとよけいなことにまで首を突っ込む悪癖がありましてね。どうも、不躾で失礼しました。このとおり、勘弁してください」

やはり虫の好かない男だ。遥は心中で苦々しく思った。頭は下げてみせるものの、目が不遜なままだ。内心では忌々しく思いながら、成り行き上仕方なく下手に出ているのが表れている。こういうふうに裏表のある男は信用できない。

「そういや、親父さん。この間不始末を起こしたっていう例の男、どうなすったんで？」

長田が喉の潰れたような嗄れ声で香西に聞く。

「ああ。あれか。下の者に任せて焼き入れさせて破門した」

爽やかな風を満喫しながら旨い酒と料理に舌鼓を打っている最中に、いささか合わない話題が出て、佳人の顔が曇る。遥もいい気分はしなかった。しかし、根っからの極道者らしい長田は、こういう血なま臭い話が楽しくてならないらしい。場の雰囲気も考えず喋り続ける。頭皮が透けて見えるくらいにまで短く刈り込んだ頭を振り振り、得意満面になっている。

「親父さん、そりゃ少々手緩いですよ。俺だったらそんな、肝心なところでしくじりやがったようなやつには、徹底した制裁を加えますね」

誰も聞かないのに、長田はどんなふうにするかを延々と語る。いろいろと残酷さに満ちた実例を挙げ連ねた後で、今度試そうと思っているというやり方まで話す。

「干潮のとき腰の深さまでの海に、棒杭かなにかに手足を縛りつけて浸からせておくんですよ。そうするとじわじわ海面が迫り上がってきて、満潮になったときには水が頭の上まできて溺《おぼ》れ死ぬって寸法です。この間海釣りに出たとき、うってつけの場所を見つけましてね」

岸壁に阻まれた岩海で、そこだったらめったに人も来ない、と長田は場所の説明までする。

「……ちょっと、失礼します」

先ほどから顔を青ざめさせていた佳人が、我慢しかねたように席を外す。キャビンには戻らず、前方のデッキに出る階段を上がっていく。

「もうよせ、長田！　少しは場を弁《わきま》えないか！」

香西が低い声で叱責したのと、遥がナプキンを置いて立つのが同時だった。東原と視線が合い、ニヤリとほくそ笑まれたが知らん顔をする。

遥は佳人を追ってバウデッキに上がった。

佳人は背中を向けて、舳先の近くの手摺りに凭れていた。ほっそりした後ろ姿が気分を鬱がせているように見え、遥は声をかけぬまま隣に立った。

「遥さん」

ぼんやりしていてぎりぎりまで遥に気づかなかった佳人が、慌てて振り向く。

「大丈夫か？」

低めた声でぼそりと聞くと、佳人はうっすらと微笑み、頷いた。

「ご心配おかけして、すみません」

そのまましばらく二人とも黙り込み、海を眺める。

スターンデッキから、さっきまでとは違う、陽気な笑い声が聞こえてきた。べつの話題で沸いているようだ。

下に戻るため、遥は手摺りを離れた。少し遅れて佳人もついてくる。

肩越しに振り返って佳人の顔色を確かめると、いつもの白さにまで戻っていた。黒い瞳が気恥ずかしげに伏せられる。

遥は口元が自然と緩んでくるのを意識した。

船《ふね》の科学館《かがくかん》という施設の名称は知っていたが、実際に訪れるのは初めてだ。

香西たちとクルージングをした翌日の日曜日、佳人はゆりかもめに乗り、『船の科学館』駅に来た。

目の前に巨大な船型の建物が鎮座《ちんざ》している。これが科学館の本館だ。それを目の端に眺めつつ駐車場を横切っていく。

夏の間だけ営業しているプールの手前に安乗埼灯台《あのりさきとうだい》はあった。メインパビリオンのある施設からは離れているため、この辺りには人気が少ない。駐車場に車を駐めた人々がときどき行き来するくらいだ。

赤坂から佳人の携帯に電話が入ったのは昨夜十時頃だった。二階の自室でぼんやりと考え事をしていたところにかかってきたのである。ちょうど赤坂のことを考えていたので、佳人は頭の中を見透かされたような気がした。電話があったことそのものには驚かなかった。坂巻という偽名を使っていた赤坂に、電話番号を聞かれたのはクルージングの最中だ。まだ皆がキャビン内のメインフロアで食事前の酒を酌み交わしている最中、風に当たりにデッキに出た佳人を追うように赤坂がやってきて、恐ろしい顔つきで凄まれた。絶対に俺のことは誰にも喋るな、そのまますっと知らない振りをしていろ――そう言った赤坂の剣幕と形相《ぎょうそう》は極道者顔負けの迫力を帯びていた。たぶん、赤坂も思いがけぬところで佳人と会い、気が気でない心境だったのだろう。そんなわけだったので、早々に連絡してくるに違いないとは思っていた。

麻薬取締官なんだぜと誇らしげに胸を張っていた赤坂が、長田組の親分である長田穣治に気に入られている中小企業経営者の坂巻として、再び佳人の前に現れた。いったいどういうわけなのか。ついこの前十年以上ぶりに会ったと思ったら、続けてまさかの再会だ。佳人は桟橋を渡ってくる赤坂の姿を認めたとき、一瞬自分の目が信じられなくなったほどだ。実際に向き合って間違いないとわかってからも、これは誰かが仕組んだ質の悪い冗談だろうかとしばし疑っていた。

しかし、赤坂の驚愕ぶりは佳人以上だった。佳人を見るや血の気が引いた様子で、紙のように真っ白な顔色になった。そして目の玉が飛び出してしまいそうなほど大きく目を瞠っていた。最悪の事態にぶつかって、窮地に立たされた人間の顔つきだ。

赤坂のその反応を見た佳人は、ここはいっさい素知らぬ振りをして、初対面の他人同士として接したほうがいいと判断した。詳しいことはわからなかったが、へたをすると赤坂の身に相当な危険が降りかかりかねないと感じられたのだ。赤坂は佳人の態度に心底ホッとしたようだった。自分でも佳人を前から知っていた素振りは微塵も表さなかった。一抹《いちまつ》の不安は、遥に「知り合いか？」と聞かれたとき頷いてしまっていたことだったが、遥の性格からしてよけいなことを言い出す心配はないだろうと思い、あえて何も言わなかった。実際、遥は佳人が赤坂に対して奇妙な接し方をしても不審な表情ひとつせず、佳人に疑問をぶつけるでもなく、ただいつもと変わらぬ無愛想な態度に徹していた。内心ではいろいろと感じるところはあったはずだが、船から降りて二人きりになってからも、この件にはいっさい触れてこなかった。佳人から話せば聞いてくれたのかもしれないが、自分から口を出す気はないようだ。いかにも遥らしい態度ではあった。

日曜の午後一時、船の科学館の敷地内にある安乗埼灯台の下に来てくれ、と言う赤坂に、佳人は迷いを払いのけて了承した。どうせこのままでは赤坂のことが気がかりで落ち着かない。絶対に自分の身に危険がないとは言い切れないが、元同級生を信じたい気持ちが勝った。

もし佳人に対してなにか思惑を抱くとすれば、それは長田ではなく香西のほうだろう。だが、赤坂が香西の指図で動く理由はなさそうだ。そもそも今さら香西が佳人に対して無理を通すようなまねをするとも思えない。それは昨日久しぶりに膝を交えて話をしてみて確信できた。この一年の間に香西も佳人に対する見方を完全にあらためているようだった。元自分のものだった人間というものから、本家の若頭が一目置いている男のものというふうに、割り切った様子だったのだ。香西には立場がある。香西たちが属する世界の者にとって最も大事なのは、立場とメンツだ。上の人間になればなるほどその度合いは増してくる。よくいう仁義などというものも、その延長線上にあるのだ。香西には東原を裏切る気は毛頭ないようだった。つまり、佳人に不用意に関わってくるはずがないということだ。

めったに外出しない佳人が「ちょっと出掛けてきます」と断りに行ったとき、書斎でパソコンを扱っていた遥は、虚を衝かれた表情で顔を上げた。てっきり外出の理由や行き先を問われるかと身構えていたが、佳人の顔を見据えた遥は片眉を跳ね上げただけで、「ああ」と応じただけだった。なに一つ聞こうとせず、すぐまたディスプレイに視線を戻し、佳人が休日をどう過ごそうが興味ないというふうに知らん顔をする。

無視されたわけではなく、信用されているからこそだと佳人は思うことにした。

正直、気の進む外出ではなかった。赤坂と会っても憂鬱な気分になるだけだろう。先日も昨日も、お世辞にも友好的な態度だったとは言えない。

赤坂にしたところで、喜んで佳人と会うわけではないだろう。会わざるを得ないから仕方なく会うのに違いない。電話の声もいかにも忌々しそうだった。いらぬ面倒が増えた、という感じだ。だが、このまま放ってもおけないらしく、半ば命令する口調で時間と場所を指定してきた。

現存する日本最古の木造灯台の足下に立ち、本館の向こうに見える港を眺める。港には南極観測船『宗谷《そうや》』と、青函《せいかん》連絡船として活躍していた『羊蹄丸《ようていまる》』が係留されている。昨日から海と船ばかり見ている気がした。

日曜日だったが、パビリオンを訪れる客の数はそれほど多くない。大半が家族連れで、オフシーズンで閉ざされたプールと灯台があるだけのこちら側には、ほとんど立ち寄る人がいなかった。赤坂がこの場所を選んだのは、人に聞かれたくない話をするにはうってつけだと考えたからのようだ。

そろそろ約束の時間だが、赤坂らしき人影は見当たらない。ゆりかもめで来るのか車で来るのかわからないので、佳人は目の前の駐車場全体を漠然と見ていた。どちらにしても、方向的にはこちら側から現れるはずだ。

シルバーメタリックのセダンが近づいてくるのに気づく。プレミオだ。

あれかな、と思って佳人は目を細めた。乗っているのは運転している男一人だけである。間違いない。

プレミオは佳人が立つ灯台の近くの駐車スペースに駐まった。

運転席からポロシャツを着た大柄の男が降りてくる。

「赤坂」

突っ立ったまま待っているのも忍びなく、佳人は自分から赤坂に歩み寄っていった。

バタンとドアを閉めた赤坂がその場で佳人を待ち構える。

「よお。早かったんだな。混んでなかったか？」

「ゆりかもめで来たんだ」

佳人が答えると、赤坂は「ふん？」と陰険そうな細い目をさらに眇めた。

「昨日はダンナを乗っけて小さな車で帰ってたじゃないか」

あからさまに蔑《さげす》みを含んだ赤坂の言葉に、佳人は顔を強張らせ、視線を逸らした。きっともう、これまでの経緯に関しては長田あたりから聞いて知っているだろうと覚悟してはいたが、面と向かって皮肉に満ちた発言をされると、なかなか冷静ではいられない。

「なにが秘書をしているだ」

吐き捨てるように赤坂が言う。

「おまえ、あの色男の社長に買われた身だそうだな？」

傷つけてやろうという意図を持った陰険な言葉が佳人の胸を抉る。

言葉の暴力は容赦なく続いた。

「驚いたぜ。しかも、その前は香西組の組長に囲われてて、贅沢三昧《ぜいたくざんまい》の愛人生活を送っていたそうじゃないか。男が男に尻を差し出して媚《こび》を売って、それで生きながらえてたってわけだ。男でも顔の綺麗なやつはいざってときに得だね。俺なんかにゃとてもまねできないぜ。——もっとも、俺はそういう境遇になっても、絶対に男に身売りするような恥知らずなことはしないがな。おまえは案外平気なんだな。したたかで面《ツラ》の皮が厚いってことか。プライドってもんは持ち合わせてないのかよ。取り澄ました顔しやがって。よく平気で俺と向き合っていられるな？」

赤坂は思いつく限りの悪口を並べ立て、少なからず溜飲を下げたようだ。

このくらいなんでもない。佳人は唇を噛んで自分に言い聞かせた。遥との関係に疚《やま》しさを覚える必要もないのだから、堂々としていればいいことだ。佳人は伏せ気味にしていた目を上げ、正面から赤坂と顔を合わせ直した。

「おれは赤坂に嘘をついたつもりはない」

穏やかだがきっぱりした口調で返した佳人が、赤坂には生意気に感じられて癪に障ったらしい。太い眉がピクリと動き、表情に不機嫌さが増した。

「なんだと？」

険を帯びた声で威圧的に聞き返してくる。こうして相手の出端を挫《くじ》き、怯ませて黙らせるのは昔から赤坂がよくやっていた手だ。体は大きいし、目つきは怖い。そんな男に迫られたら、たいていの同級生や下級生はびびって腰を退いていた。佳人も平静に応じつつ、内心では赤坂の迫力に気圧されそうだったことが何度もあった。変わらないなと思い、緊迫したこの場の雰囲気にそぐわぬ懐かしさを感じた。

「おい。なに薄笑い浮かべてやがるんだ、てめぇ」

知らず知らず頬の筋肉が緩んでいたのか、赤坂がさらに絡んでくる。佳人にばかにされたように受け取ったのだろう。

「ごめん」

佳人は素直に謝った。

「昔を思い出したんだ。……なぜか、赤坂とはちょくちょくこんなふうに対峙していただろう。あの頃若かったせいだろうけれど、今も変わらないのはどうなのかと思って。お互い、あんまり成長してない気がするよ」

「——昔のことは言うな！」

赤坂は苦々しげに顔を歪ませる。過去など思い出したくないという気持ちが強く滲んでいた。佳人自身、過去は極力振り返らずに生きているつもりだが、赤坂まで昔を忘れたがっているようなのは、今ひとつ腑に落ちない。

佳人は十七歳当時までの赤坂しか知らない。もしかすると、その後赤坂にも、佳人と似たような不幸が襲ってきたのだろうか。ふとそんなことを思った。

「少し、歩かないか？　せっかくだから」

いつまでも剣呑な雰囲気で楽しくもない遣り取りをしているのが嫌で、佳人から誘った。

「なにかおれに話したいことがあったんだろう？　歩きながら聞くよ」

こんなふうに佳人が主導権を握ると、赤坂は気に入らずに反発するかと心配しながらの誘いだったが、赤坂は意外にも文句をつけなかった。わざわざ佳人を呼び出した肝心の目的が頭を掠めたのだろう。まさか、さっきまで挙げ連ねていたような嫌味を言いたいがために、昨日の今日で佳人と会っているとは思えない。佳人としては赤坂から早く本題を聞き、帰りたかった。

雲の多い空はくすんで見え、昨日の上天気とはほど遠い。

そんな天気の影響もさることながら、お世辞にも気が合っているとは言い難い男と連れだって歩くのは、気詰まりで心地よいものではなかった。

佳人は赤坂から半歩下がった横を歩く。ぴったり肩を並べるほど親しい間柄ではない気がして自然とそういう位置に身を置いていた。これなら適度に距離を保ちながら会話は不自由なく交わせる。

呼び出したのは赤坂だ。佳人は赤坂が口を開くのをじっと待った。

本館のある左手には近づかず、閉ざされたプールの横を回り込むようにして歩き、敷地の奥へと向かう。

佳人たちからずいぶん離れた左手の芝生に、四歳児くらいの男の子を連れた若い夫婦が座っているのが見えた。プールの周囲を道なりに歩くと必然的にそちらに近づくことになる。赤坂は彼らを避けるように遊歩道を外れ、正面にそびえ立っている白い灯台の方に歩を進めた。

そこまで来てようやく、赤坂は斜め横にいる佳人を振り返り、足を止めた。

「おまえ、この前俺が言ったことを覚えているか？」

赤坂の声は硬い。表情も強張っている。

「赤坂がマトリをしていることか？」

「ああ、そうだ」

ギロッとした目で睨まれ、佳人は背筋を緊張が駆け抜けるのを感じた。

「そいつはでたらめじゃないぞ」

赤坂は佳人を睨みつけたまま断固とした口調で言い、鋭く舌打ちした。こんな弁解じみたことを佳人相手にしなければならなくなったのが、どうにも悔しくてならないらしい。そんな様子だった。

「俺も昨日はびびったぜ。よりによって正体を明かした男がターゲットの関係者と昵懇《じっこん》にしていたとはな！　世の中、まったく油断がならんぜ。どこで誰と誰が繋がっているかわかったもんじゃない。俺はおまえにつまらん見栄を張ったことを死ぬほど後悔したぞ」

「おれは誰にも赤坂のことを話していない」

佳人は赤坂を安心させるため、はっきりと断言した。

「本当だろうな？」

「本当だ」

「……あの男にもか？」

赤坂は執拗に食い下がる。佳人の言葉がなかなかすんなりと信じられないようだ。

「社長にも誰にも、坂巻というのが本名でないことはもちろん、赤坂が今何をしているのかも、昔の同級生だということも話していない。今後話すつもりもない」

「いいか、久保」

ずいっと赤坂が佳人との間合いを詰めてきた。厳しい表情にはこれまでになく真剣で切実な色が濃く出ている。赤坂も必死なのだ。場合によっては命の危険と背中合わせの仕事をしているのかもしれない。佳人はこくりと喉を鳴らした。

「昨日、俺と初対面の振りをしとおしてくれたことには感謝してやる。昔はただ勉強ができて真面目さだけが取り柄の堅物かと思っていたが、大人になって少しは臨機応変にやることを覚えたみたいだな。まぁ確かに、十年も香西に囲われてたんなら、いつまでも心キヨラカな深窓のお坊ちゃんじゃいられなかっただろうよ。おかげでどうにか俺の立場も守られたぜ」

「そうまでして赤坂が内偵している長田組は、確かに麻薬取引をしているのか？」

「うるせぇ。よけいなことは聞くな！」

「赤坂」

一喝《いっかつ》されても佳人はそのまま引き下がる気になれず、身を翻《ひるがえ》しかけた赤坂の腕を摑んだ。

「汚らわしい手で触るなっ！」

嫌悪を露にした鬼のような形相で赤坂が腕を振り上げ、佳人の手を払いのける。

「この男妾《おとこめかけ》が」

さすがにそんな侮蔑に満ちた言葉を投げつけられては、佳人も顔色を変えずにはいられなかった。サッと血の気が引き、顔面が青白くなったのが自分でもわかる。

「へっ、なんだよ。一人前に傷ついた顔しやがって」

赤坂が唇を曲げて苦しげに笑う。本当はもっと心おきなく嘲笑《ちょうしょう》したいのだが、心の片隅に残った罪悪感に阻まれて、そこまではできない。そんな感じの中途半端な嘲《あざけ》り方だった。性格がいいとはいえないが、かといって完全に人の心を失っている無慈悲で自分勝手な人間でもないのだ。

佳人は僅かながら救われた気持ちになった。これなら少しは自分の言葉に耳を傾けてくれるかもしれない。

「……心配なんだ」

佳人の言葉に赤坂はぐっと詰まり、バツが悪そうな面持ちでそっぽを向く。

「おまえなんかに心配される筋合いはないぜ」

「わかっている。だけど、それでもおれは赤坂に無謀なことだけはしてもらいたくないんだ」

「なんでおまえがそこまで俺を気にかけるんだ。言っとくが、俺はなにがあろうと金輪際《こんりんざい》おまえに感謝なんぞしないからな。俺は昔からおまえが嫌いなんだ。今も、そのツラ見てるとムカムカしてくる」

「赤坂がおれを嫌いなのは知っている。おれはべつに好かれようとは思わない。誰にだって苦手はあるし相性もあるからな」

「だったら黙ってろ」

赤坂は苛々した調子で言い、体を反転させて佳人に背を向けた。

「俺が今日おまえを呼び出したのは、絶対によけいなことは喋るなと念押しするためだ。それ以外に用はない。聞くこともない。わかったらとっとと帰れ」

「赤坂」

頑なに背けられたままの背に、佳人は懲《こ》りずに話しかけた。

「おれは確かに去年の春先まで香西さんのところにいた。十七の歳から十年だ。その間、ずっとあの世界を間近で見てきたんだ」

赤坂の肩がピクリと動く。聞いてはいるのだ。佳人は一メートルほど離れた背をひたと見据え、真摯に続けた。

「香西組では麻薬取引は御法度《ごはっと》として徹底されているから、赤坂みたいな捜査官が身分を偽って潜入してきた例は知らない。でも、もしそんな事態があったとして、正体がばれたときには、命の危険が伴うことは断言できる。彼らは自分たちと敵対するものに対して情け容赦ない。元仲間であってもそうだ。裏切り者と見なされたら、凄絶な拷問を受けて……場合によっては殺される。赤坂、おれは何人もそうやって悲惨な目に遭った人たちを知っているんだ」

「それがどうした」

唐突に赤坂が向き直り、佳人に対峙する恰好になる。

「おまえは俺がそんなへまをやらかすとでも思っているのか？　冗談じゃない。こう見えても俺は腕利きの取締官で通っているんだ。長田組に関しては、ひょんなことから偶然、麻薬取引に関わっているらしいという情報が入ってきた。つまり、取引現場を押さえて逮捕できれば丸ごと俺の手柄ってわけだ。うまくすれば昇進のチャンスなんだぞ。この仕事に危険が伴うのなんかおまえに言われるまでもなく当事者の俺が一番よくわかっている。よけいな口出しは無用だ」

「仲間の応援もなしに赤坂一人が単独で捜査しているってことか？」

ますます捨て置けない気持ちが募り、佳人は追及するような口調になった。

「危険だ。相手は普通の連中じゃないんだぞ。長田組は最近急速に目立ってきた新勢力みたいだからおれもよく知らないが、あれだけ慎重で用心深い香西さんから、いとも簡単に一角以上の信頼を得て、東原さんが顔出しするような場に同席したからには、相当な遣り手ということだろう。香西さんは焼き物や口吹きガラスなどの工芸品にも造詣《ぞうけい》が深いが、長田も結構詳しくて、話の合わせ方が実に巧みだった。たぶん、シノギの額とそういった趣味嗜好の両面から香西さんの歓心を得ていったに違いないと思う。もし赤坂が言うとおり、香西組傘下のすべての組で御法度になっているはずの麻薬取引が、長田組内で行われているのなら、長田は完全に香西さんを騙《だま》して取り入っていることになる。したたかな男だということだ。そんな男の懐《ふところ》に一人で飛び込むなんて、無謀としか言いようがない」

「うるさいって言ってるだろうが！」

赤坂が煩わしげに大きく首を振る。佳人を睨みつける目はギラギラとした敵意に燃えていた。

「いいか、久保。俺はおまえのいい子ぶった説教を聞きに来たわけじゃないんだ。何度言えばわかるんだ！　自分のことは自分で考える、それが俺の主義だ。誰の指図も受けない。特におまえみたいな、顔と体でヤクザに取り入った男なんかに、四の五の言われてたまるか！」

「せめて上司にだけでも現在の捜査状況を報告して指示を仰ぐべきじゃないのか？」

佳人には赤坂の属する組織の仕組みは把握できていなかったが、少なくとも赤坂がしているような独自捜査が認められているとはとても思えなかった。佳人も好きこのんで赤坂に煙たがられ、怒鳴られながら口を酸っぱくして忠告しているわけではない。自分の知っている誰かが——いや、知らない誰かであったとしてもだが、捕らえられて酷い目に遭わされるのが嫌なのだ。想像しただけで吐き気が込み上げる。佳人はそういうことに、情けないほど弱かった。

がんとして意志を翻しそうにない赤坂は、ふん、と憎々しげに鼻を鳴らし、横を向いて芝生に唾を吐く。

「所詮おまえはどこに行っても、どんな境遇に置かれても、金と権力を持った人間の庇護下にあって、のうのうとした暮らしをしてきたボンボンだ」

違う。佳人は喉元まで出かけた言葉をぎりぎりで押し戻した。

端から見れば反論できない部分も確かにあると思い直したからだ。表面的なことだけ考えれば、父親が事業に失敗したあとも香西というヤクザの大物の豪邸で、衣食住すべてにおいて優遇された生活を送ってきたことになる。豪勢な暮らしだったと自分でも思う。そのため一部の子分たちからは陰で相当陰湿な苛めを受けたものだ。その香西の許を放逐《ほうちく》されかけた矢先、今度は気まぐれを起こした青年実業家に買われ、結果が今の状況だ。かつてこれほど幸せだった覚えはないほど満ち足りた生活を送らせてもらっている。運の強い男と妬《ねた》まれても反論できない。

「俺はおまえみたいに、なにか不遇に見舞われても次から次へと周りの人間が手を貸し、引き上げてくれるような星回りの男じゃなかった」

苦いものを嚥下《えんか》するときのように渋い顔つきで赤坂が言った。それまで胸の奥深くにしまい込み、決して他人に明かすつもりはなかったことを、とうとう口にしたという印象だ。佳人と話しているうちに、なにもかもぶちまけてしまいたい気分になったのだろう。

「なにかあったのか？」

佳人は躊躇いながら、控えめに聞いてみた。

再会する前に佳人が知っている赤坂は、高校三年生のときの赤坂だ。あれから十一年経つ。十一年の間には皆それぞれいろいろな事情にまみれ、変わらざるを得ないことも少なくなかっただろう。かつて赤坂は、財閥系の一流企業に勤めていて将来を嘱望された重役の息子だった。父親の地位はそのまま赤坂のステータスで誇りだったようだ。

「ご両親はその後変わりなく？」

「おかげさまでおおいに変わったさ」

ふて腐れた口調で、赤坂は皮肉っぽく答えた。ここまで話したからには、いっそのこと全部話してすっきりしようと思ったらしい。

「俺の親父も結局おまえの親父と同じ轍《てつ》を踏みやがった。社内での派閥争いに負けて失脚しちまったんだ」

俺が大学一年の夏だ、と赤坂は投げやりに補足した。同時に遠くを見る目つきになる。おそらく当時を思い出したのだろう。

「それまでは順風満帆、いずれは社長も夢じゃないと言われていた時期もあったのに、つまらない罠に引っかかりやがって。親父のやつめ、女好きをまんまと利用されたんだ。親父を失脚させるために雇われた人妻との浮気が暴露《ばくろ》されて、あとはもうぼろぼろだ。それまで築き上げてきた実績も虚《むな》しいもんだった。素行不良であっというまに降格、左遷。第一線でバリバリやっていた男が、一日中なにもせず机に着いているだけの毎日になったんだぜ。一ヶ月もしないで母親は出て行った。親父は荒れて毎日酒浸り。そのうち仕事に行かず毎日パチンコ屋で何万と散財してくるようになって、会社はクビだ。退職金も微々たるもんだった」

「赤坂は、大学は卒業できたのか？」

「俺は石に齧りついてでも卒業してやると決心していたからな」

赤坂の口調は激しかった。無意識のうちに握りしめたらしい拳《こぶし》が白くなっている。それだけ内に滾《たぎ》る憤懣の大きさが察せられた。

「親父のような不様な生き方はまっぴらだ。俺は医者になるつもりで医学部にいたが、なにしろ医学部は金がかかる。失脚した上に失職までした親父のせいでとても続けることができなくなり、翌年薬学部に転学した。奨学金をもらわないといけなかったから、死に物狂いで勉強したぜ。親父に頼る気は毛頭なかった。俺は負け犬は大嫌いなんだ。絶対に俺は親父みたいな腑甲斐ないことにはならない。必ず大成して、俺を馬鹿にし嘲ったやつらを見返してやる。そうやって自分を鼓舞したから今までやってこられたんだ」

一言一言嚙みしめるように赤坂は喋った。

プライドの高い男を突如として襲った、父親の失脚という青天の霹靂《へきれき》。それまで他人を見下し、嘲笑ってきた男が、いきなり逆の立場に突き落とされたのだ。赤坂の感じた屈辱は尋常ではなかっただろう。佳人にも朧《おぼろ》気《げ》ながら想像がつく。

「今、親父は腑抜け同然だ。貯め込んでいた金もあらかたすっちまいやがって、孫請け企業だった小さな部品工場でしょぼしょぼ働いていやがる。羽振りのいいときは三階建ての豪邸に住んでいた男が、長屋みたいなアパート暮らしにまで落ちぶれたんだ。まったく、人生どうなるかわかんねぇもんだぜ」

そう言った赤坂の言葉は前に空港ロビーで聞いたときと同じ響きを持っていた。

ああ、と佳人は納得する。あのとき感じた違和感の正体はこれだったのだ。

「俺はな、久保」

赤坂は空に向かって顎を上げ、厚みのある胸をぐんと張った。

「中途半端な場所であくせくするのはまっぴらなんだ。野心家だと思うなら思え。野心家でなにが悪い。金も地位も俺は欲張るぞ。どこの世界にも醜《みにく》い足の引っ張り合いはある。だが俺は絶対に負ける気はないんだ。利用できるものはとことん利用し尽くしてやるし、いざとなったらどんなに恩のある人間でも裏切るさ。多少のリスクなんかにまごついていたら、何もできない。ま、おまえには一生理解できないことかもしれないがな」

「確かにおれには理解できない」

佳人は静かに、しかしきっぱりと言った。

「金より地位よりもっと大事なものがあると思う。そのうちきっと赤坂にもそれが見つかる。多少のリスクと赤坂は言うが、取り返しのつかない事態になったらどうするんだ？　それこそ死んでしまえば、金も地位もまったく意味をなさないいんじゃないか？」

「まだ俺に説教する気か！　おまえもほとほと引き下がらない男だな」

呆れ果てたと言わんばかりに赤坂が佳人を見据える。

佳人も真剣な表情をして赤坂を見返した。

先に視線を逸らしたのは赤坂だ。

赤坂は深々とした溜息をついた。

「いいか。とにかくおまえは絶対に俺の邪魔をするな。今まさに大詰めを迎えようとしている大事なときなんだ。長田はきっと近々取引をするはずだ。現場を押さえたらこっちのもんだ。俺の身を本気で案ずるつもりなら、おまえは自分の目と耳と口にチャックをしろ。少しでも香西や東原に悟られるようなことでもしてみろ。ただじゃおかないぞ」

凄味を利かせて言うなり、赤坂は駐車場の方へ大股で引き返し始めた。

「赤坂！」

なにをどう言っても聞く耳を持たない赤坂に、佳人はひしひしと自分の無力さを感じさせられる。頼むから考え直してくれ、と腕を引いて懇願したい気持ちだ。嫌な予感がするのだ。胸がざわざわして落ち着かない。だが、それを赤坂に言ったところで、鼻であしらわれるのがオチだろう。

佳人は赤坂の後を追って行きながら忸怩《じくじ》たる気分になった。佳人には赤坂を止める術がない。

赤坂は佳人を軽蔑し切っている。男妾、と誹《そし》る口調には、本気で嫌悪する気持ちがつぶさに表れていた。

車の傍まで来ると、赤坂は佳人を振り返った。

「話は終わりだ。もう二度と会うこともないだろう」

「赤坂、本当に、もう一度よく考え直してくれないか」

佳人の口調には懇願する気持ちが出た。

しかし、それでも赤坂の気を変えさせることはできなかったようだ。それどころか、ますます頑なにさせたかもしれない。

「おまえはせいぜい色男の社長に媚を売って、少しでも長く尻奉公させてもらうことだけ考えろ。それがおまえにはふさわしいぜ」

赤坂は最後まで佳人を侮辱するのをやめず、冷ややかに言い放った。

「俺には俺の望みがあるんだ。おまえごときにそれを潰させはしないぞ。わかったか！」

車に乗り込んだ赤坂は佳人の鼻先で乱暴にドアを閉めた。

すぐさまエンジンがかけられ、急にバックする。

佳人は弾かれたように傍らから飛び退いた。

赤坂の車はタイヤを軋《きし》ませる勢いで、あっというまに遠ざかっていった。

外出から戻った佳人《よしと》は明らかに元気がなかった。出掛けるときにも何事か不安を抱いていた様子だったが、帰ってきたときにはさらにそれが増幅しているように見えた。なんとなく上の空で、頭の中でずっと考え事をしているふうだ。遥《はるか》は眉を顰《ひそ》め、佳人のさえない顔色をときおり窺《うかが》った。

佳人は遥のその視線にも気づかない。

たぶん原因はあの坂巻《さかまき》とかいう男だろう。

遥はそう推測していた。外れてはいない自信がある。クルージングのときから佳人の態度はおかしかった。無理に明るく振る舞って見せているような、しっくりこない感触を受けたのだ。東原《ひがしはら》も気づいていたが、香西《こうざい》の手前佳人は少し緊張しているんだろうと言っていた。確かにそれも幾ばくかあっただろうが、それより遥には、あえて坂巻と顔を合わせないようにしていた態度のほうが気になった。佳人が彼と知り合いだと承知していたからだ。

坂巻が何者なのかは佳人が話してくれなければわからない。

佳人が話そうとしない限り、遥からこの件に立ち入るつもりはなかった。相談されればできる限り力になる。遥のその気持ちは佳人にも伝わっているはずだ。言葉を交わす機会は少なくても、二人の間には肌で感じる微妙な空気が存在している。それは、一年かけて佳人と作り上げてきた絆だ。だから遥は、いざというとき佳人が安心して頼れるように、どっしりと構えていることにした。こんな愛情の示し方もあっていいだろう。

土日は家政婦は来ない。

食事の支度は通常佳人が気を遣ってするのだが、今日ばかりは遥のほうが佳人より一足先に台所に立った。

「遥さん……！」

遅れて二階から下りてきた佳人は、遥が台所でエプロンを着け、包丁を持っている姿を見て目を瞠《みは》る。

「すみません、おれ」

「なにがだ」

恐縮して謝る佳人に、遥は普段以上のぶっきらぼうさで応じた。半分は照れ隠しだ。こんな場合、遥はいつもどんな顔でどんな言葉を言えばいいのか悩む。

「ここはいいからおまえは先に風呂に入れ」

「お任せして、いいんですか？」

「ああ。さっさと行け」

「はい。じゃあ、お言葉に甘えさせてもらいます」

佳人が素直に踵《きびす》を返しかけたところに、遥は「上がったら和装になれ」とさらりと言った。

えっ、と足を止めた佳人は、横顔を向けたままの遥に遠慮がちに聞く。

「遥さんも、着ますか？」

「たまにはいいだろう」

はっきり肯定する代わりに、遥は仏頂面のまま淡々と答えた。

我ながら愛想のないことこの上なしだったが、そんな遥に慣れた佳人は、ふわっとした笑みを浮かべて出入り口から姿を消した。横目でこっそり佳人の笑顔を見た遥の頬も自然と緩む。こんな締まりのない顔、絶対佳人には向けられない。慌てて顔の筋肉を引き締めたが、気持ちが浮き立つのは止められなかった。

元々料理はできるのだが、ここ一、二年は忙しくて人任せにしがちだ。たまに気が向くと手の込んだ料理を作ることもあるが、家政婦を雇い始めてから、そして佳人がここに来てからというもの、遥が台所に立つ回数は減っている。佳人が意外そうにしたのも無理はない。

鯖《さば》のみそ煮、ひじきの五目炒り煮、カブの海老あんかけという三品の料理の下拵《したごしら》えができた頃、三十分ほどで風呂から上がってきた佳人が再び台所に顔を見せた。

佳人は遥の希望したとおり、紬《つむぎ》の単衣《ひとえ》を着流しにしている。襟からすっきりと伸びたうなじが目に眩《まばゆ》く映る。どれほどの美貌であろうとも、他の男を見ても少しもこんなふうに感じないのに、なぜ佳人にだけ艶を感じ、欲情までするのか。遥自身、さっぱり理由がわからない。

遥の視線に佳人は照れくさそうに平手で首筋を押さえ、調理台に並んでいる下拵えずみの食材をざっと見渡した。

「続きはおれがしますから、遥さんもお風呂どうぞ」

「何を作るのか、わかるか？」

「はい、だいたいは」

遥は掛けていたエプロンを外し、佳人に渡す。遥がしていたエプロンを、今度は佳人が着ける。

「ゆっくり浸かってきてください」

佳人の声に送られ、廊下を挟んだ斜め前にある洗面脱衣所のドアをくぐった。

脱衣籠には遥の着物が一式揃えてある。色味は違うが、やはり紬の単衣だ。下には絽《ろ》で仕立てた藍色の羽織も畳まれている。細やかな気配りを感じ、遥はフッと口元を綻ばせた。佳人と暮らしていて特によかったと思う瞬間は、こういう些細な満足を覚えるときだ。

湯船に入って、しばし時を忘れてくつろいだ。坪庭を眺めながらあれこれ散漫な思考を巡らせるひとときが、遥は好きだ。

明日は月曜だが、久々に月見台で晩酌してもいい気がしてきた。

日中曇天《どんてん》ですっきりしなかった天気も、夕方から次第に雲が切れてきて、日が沈む頃には星の瞬きが見えるまでに晴れた。暑からず寒からずといった五月も終わりかけの戸外で、そよ風に当たりながら夜を過ごすのは、なかなか風流だ。

遥が長めの風呂から上がってみると、台所ではほとんどの料理がすでにできあがっていた。結局、肝心な作業のほとんどを佳人に任せた恰好である。遥は内心悪かったなと感じつつも、面と向かってそれを佳人に告げるほど素直にはなれず、素知らぬ顔で台所を覗いただけになった。

「この前、山形の得意先から送ってきた冷酒があったな?」

「ええ。開けますか?」

遥はそっけなく頷いた。

「今夜は食事の前に月見台で軽く飲む」

「それじゃ、なにかちょっと摘めるものを作りましょうか」

「ああ」

佳人の声はすっかり張りを取り戻し、溌剌《はつらつ》として爽やかな、平常の佳人らしい声に戻っていた。入浴して、遥から引き継いだ食事の支度をしているうちに、陰鬱《いんうつ》だった気分が薄れたらしい。

先に月見台に出て、檜《ひのき》の板を張った床に直に胡座《あぐら》をかく。

そろそろ蚊の出る季節になったので、蚊取り線香に火をつけ、欄干の真下に置いた。

先月初旬には見事な薄桃色の花弁を開かせて、今年も春が来たのだとしみじみ感嘆させてくれたソメイヨシノの樹が見える。桜というのは不思議な樹だ。葉より先に花を咲かせ、花に緑が交じり始めた途端《とたん》、あっけないくらいに興醒《きょうざ》めしてしまう。本当に儚い美しさを具現化している。

北西に近い場所にある台所から、東南の端にある月見台までは、結構な距離がある。長い廊下を通って玄関の取り次ぎを経て、十二畳の書院の間を横切り、略式の水屋か畳敷きの入側縁から ようやく月見台に辿り着く。株や不動産を上手い具合に転がして儲《もう》けた金にあかせて建てた家だが、当時は一緒に住む家族のあてもなかったのに、よくまぁ酔狂《すいきょう》なことをしたものだと自分でも呆れる。よほど心がささくれ立っていたのだろう。

水屋との境の障子が開き、脚つきの盆を持った佳人が月見台に出てきた。

盆の上には、江戸切り子ガラス製の冷酒セットと、つまみとして新たに作った料理が二品載っている。つまみは、鶏手羽先を揚げて中華風に味を絡ませたものと、こんにゃくをごま油で炒めてしょうゆなどで味をつけたものだ。

「どうぞ」

佳人が書院の間の押入から薄手の座布団を持ってきてくれた。

遥は黙って座り直す。

群青《ぐんじょう》色の切り子ガラスのおちょこを取って差し出すと、佳人は膝を詰めて遥の傍《そば》に来て、冷えた酒を注いだ。

「おまえも飲め」

ひとくち口をつけた杯を置き、今度は遥がとっくりを持つ。

「はい。……少しだけ」

酒に強くない佳人は、いつもこう言って断ってから、遥の晩酌に本当に少しだけ付き合う。今夜はまた特に、明日から始まる仕事の日々を考慮して、控えめになっているようだ。

「今日は、どこに出掛けたんだ?」

無理に聞く気はなかったが、話の糸口が他に見つからなかったため、遥はさらりと振ってみた。

「船《ふね》の科学館《かがくかん》に。あの、灯台を見に行きました」

佳人は僅《わず》かに躊躇《ためら》いを見せたあと、遥には極力隠し事はしたくないという感じで言った。嘘ではないと思えたが、まだ他に話しづらいことがあるようだ。しかし、そのことには気易く触れられないらしく、すっきりできずに辛そうな表情を一瞬浮かべた。じっと佳人の顔を見ていた遥は、些細な変化も逃さなかった。

「面白かったか?」

遥は素知らぬ顔で本当に訊ねたいこととは違う話を続ける。

「あまり」

佳人は俯き加減になり、正直に答える。

遥は相槌《あいづち》を打たず、そのまま佳人がどう出るのか、見守った。

佳人の逡巡が、自分の胸の内で起きていることのように感じられる。迷い悩む佳人を遥は決して追及せず、急かしもしないように心がけた。話す気になったら聞く。遥にできるのはそれだけだ。佳人もそれを一番望んでいる気がする。

喉ごしのよい、きりりと冷えた酒を飲む。

杯が空くと、佳人はすかさずとっくりを傾けた。考え込みながらも体が自然と動くらしい。尽くされている。遥はしみじみそう思い、ひそかに幸せを噛みしめた。できることならこの幸福感を佳人にも返してやりたい。いったいどうすればいいのか。不器用な遥には、やはりそこから先が思いつけず、ずっと気がかりなままでいる。

「昨日のクルージングは疲れたな。おまえは疲れなかったか？」

今夜はもっぱら遥から積極的に話しかけていた。鬱《ふさ》ぎ込みがちになる佳人の気持ちを少しでも晴れさせてやれないかという思いが、柄にもなく遥に言葉を出させるのだ。黙り込んでばかりでいいときと、それではだめなときとがある。最近遥はそれを意識するようになった。我ながらたいした進歩だ。

そうだ、と思い出したように佳人が顔を上げる。

「あの乗り物酔いの薬、効きましたか？」

「おそらく効いたんだろう」

遥は肩を竦《すく》めた。

「気分が悪くなりはしなかったからな」

「よかった」

にっこりと佳人が微笑む。

白い顔が月の光に照らされて、青白さが増して見える。

遥は手にしていたガラスの杯を盆に戻すと、佳人の肩に腕を伸ばし、引き寄せた。

「遥さん」

佳人がすっと瞼を伏せ、気恥ずかしげに二度瞬かせた。

「おれは結構嬉しかったかもしれません。遥さんとあんなふうに休日を過ごせて」

遅ればせながら佳人が、さっき遥がした質問に答える。結構嬉しかった、といったん明るく答えてから、躊躇いがちに言い足した。

「それとは別件で、気にかかることもありましたけど」

「ほう?」

遥は努めてさりげなく先を促すような相槌を打つ。

佳人が乾いた唇を軽く舌先で舐めた。緊張しているのだ。言おうか言うまいか、激しく葛藤している。遥は佳人が抱えている気がかりが、単なる漠然とした不安などではなく、一歩間違えば本当に重大事になりかねない深刻なものであるらしいと感じた。

並々ならぬ強い野心に満ちた、怖いもの知らずのような男の顔が、脳裏に浮かぶ。あの顔を思い浮かべただけで、嫌な予感は増大する。できることなら佳人を関わらせたくない、そんなタイプの人間だ。遥のこういう勘は昔から割合よく当たる。

さんざん葛藤した挙げ句、佳人は静かに首を振った。

「すみません。やっぱり今はまだ遥さんにも言えません。中途半端で思わせぶりなことを言ってしまって、すみませんでした。遥さんを据わりの悪い心地にして煩《わずら》わせるつもりはなかったんですが、結果としてそうなってしまいました」

「俺がいつ煩わされたなどと言った。いちいち勝手に気を回すな。いつも言っているはずだ」

佳人が打ち明けてくれなかったこと自体には軽く失望していたが、遥の言葉は本心だった。

とっくりを持ち、もう一度佳人に杯を取らせ、酒を注ぐ。

佳人は遥の注いだ酒をいっきに飲んだ。

飲んだ端からもう目元が赤くなる。面白いほど反応が顕著《けんちょ》で、遥は複雑な気分のまま苦笑した。

「無理はするな」

「してません」

すかさず佳人が返す。こういうところは相変わらず強情だ。体が火照《ほて》ってたまらない様子で着物の襟を弄《いじ》りながら、あくまで平気な振りをしようとする。

「……今年も、綺麗《きれい》でしたね」

唐突に佳人から言ってきた。感慨深げな口調から、すぐに桜のことだとわかる。

二人にとって月見台と桜は深く関連づいている。それは、この月見台から眺める四季折々の景色のうちでも、春の桜が最も印象深いものだということもあるが、それ以上に出会って間もない頃の、最初の情動と葛藤を思い出すからだ。たぶん、桜の樹には魔物が棲んでいるのだろう。魔物が二人を唆《そその》し、尋常でない気分にさせるのだ。

「佳人」

遥は唐突に佳人の腕を摑み、引き寄せた。

急に引かれてバランスの崩れた細い体が、遥の胸板に突っ伏すように倒れてくる。

恥じて身を起こしかけた佳人を、遥は背中に回した腕でさらに抱き込んだ。

遥さん、と佳人がせつなさの滲《にじ》む声で呼ぶ。その声を聞くなり、遥の理性はいっきに吹き飛んでしまった。

顎を引いて柔らかな唇を塞ぐ。

粘膜同士が触れ合った瞬間、体の芯に生じた快感が遥をぶるっと身震いさせた。もう何度となく口づけを交わしているが、するたびに新鮮な心地がする。

舌先を唇の隙間に差し入れ、こじ開ける。

佳人の口の中は強い酒の味がした。おまけに燃えるように熱い。舌を使って隅々までまさぐると、あえかな声が切れ切れに洩れた。

名残惜しく唇を離す。

佳人も離れ難《がた》そうな、強烈に艶っぽい表情をする。こんなに色香を漂わせられれば、いかに遥が禁欲的であろうとしても、引きずられずにはいられない。明日は早い、という戒《いまし》めなど、たちどころに無力化しそうになった。

それでも間一髪で踏み止まって、遥は佳人の髪に指を差し入れ、梳《す》き上げることで、体の中に渦巻く欲情の炎を徐々に鎮《しず》めていった。かなり精神力を求められることではあったが、いつもいつも負けるのは癪《しゃく》だ。実際、明日は普段より一時間早く中村《なかむら》が迎えに来る手筈になっている。

遥の自制心に、佳人は微《かす》かに残念な気持ちを含ませた溜息をつきつつも、潔《いさぎよ》く体を引いた。

空いたままになっていた遥の杯を満たし、つまみを銘々皿《めいめいざら》に取り分けて差し出す。自分のぶんも装《よそ》って、箸をつけた。

しばらく沈黙が下りたまま、思い思いに夜空を仰いだり常夜灯に照らされた主庭の光景を眺めたりして過ごす。

静かだった。

蚊取り線香から立ち上る一筋の煙が、夜の空気に吸い込まれていく。

やがて、佳人が思い詰めたように真剣な目を向けてきて、穏やかな沈黙を破った。

「遥さん。一つ質問してもいいですか?」

遥は無言で頷く。

「もし、もしなんですが、遥さんの知り合いが恐ろしく危険な賭けを試みようとしているとして、どんなに忠告してもやめてくれそうにないとしたら、遥さんならどうしますか?」

ずいぶん抽象的な話だ。遥は眉根を寄せ、佳人を鋭く一瞥した。

「恐ろしく危険な賭けというのは、命の危険があるということか?」

「たぶん」

佳人の返事を聞いて遥が咄嗟《とっさ》に思い浮かべたのは、まさしくその状況で死んだ弟のことだった。あんな男死んでちょうどよかったなどと口に出して言ったこともあったし、長い間ずっと本気で憎み、嫌っていたことも事実だ。だが、本当にどうでもいいと思っていたのなら、きっと何年も弟の死を引きずることはなく、さっさと忘れてしまえたはずだろう。

遥が弟の死を自分の中で燻《くすぶ》らせ続けていた原因は、結局自分が無力で、弟があんなふうになっていくのを止められなかったことを後悔していたからなのだ。今でこそそう言い切れる。

「おまえならきっと、賭けが悲劇に終わらないように、最後まで食い下がって止める努力をするんじゃないか。おまえは懲《こ》りない男だ。無駄とわかり切っていても、自分にできる限りのことをしようとする。だから、いつも後悔せずに前を向いて歩いていられるんだろう」

「でも、今度ばかりは、どうしても力が及びそうにないんです。おれはたぶん、半ば以上諦めかけています。あとはもう祈るだけしかできない」

「だったら祈ってやればいい」

あっさりと遥が言うと、佳人は虚《きょ》を衝《つ》かれたように目を瞠った。

まさかそんなに簡単に言ってのけられるとは思ってもいなかったようだ。

「……遥さんなら、そうしますか？」

「俺はそれほど親切じゃない。辛抱強くもない」

遥はそっけなく否定した。

「俺はただ、おまえならそうするだろうと言っているだけだ」

「遥さん」

佳人は落ち着かなさそうに着物の襟を撫でつつ、勇気を奮い立たせるようにして言う。

「おれに聞きたいことがあるんじゃないですか？」

「たとえば？」

問いに問いを返すと、佳人は困惑した。ここで遥がそう切り返してくるとは思ってもみなかったようだ。

どう返事をするかずいぶん考え悩んでから、やがて佳人は深々とした溜息をつく。

「たぶん、遥さんはおれを無条件に信じてくださっているんですよね」

遥に答えを求めているのではなく、自分自身に納得させるような調子だった。

「おれは遥さんにとても甘えている気がします。なんだか申し訳ないな」

「べつに俺はかまわない」

むしろ佳人が甘えてくれればくれるだけ、遥は自分の存在意義を見出せるようで、嬉しいとさえ感じる。

遥の知る限り、これまでずっと佳人は人に甘えず生きてきた。

状況に流されて意に染まぬことにならないよう、必死で自分を保ち、誰にも心からは気を許さずに歩いてきたのだ。

そんな佳人の安住できる場所が遥の傍なのだとすれば、遥はできる限りのことを佳人にしてやりたかった。そうすることで、なにより遥自身が救われる気がする。逆を言えば、遥の安住できる場所は佳人の傍なのだ。二人はきっと、そういう絆で結びついている。

「おれは、これからもこんな具合に遥さんを頼って、甘えて、許されるんですか?」

「くどいぞ」

面と向かい、あらたまって聞かれると、遥は気恥ずかしさからとりつく島もないようなぶっきらぼうな返事しかできない。

だが、恥ずかしかったのは佳人も同様だったらしい。

「……食事、温め直して持ってきましょうか?」

ごまかすように話題を変える。

遥はとっくりの底に僅かに残っていた酒を手酌ですべて空けてしまうと、盆に戻した。

「茶の間に行くからそっちに用意しろ」

そろそろ夜も更け切った。引き揚げ時だ。

このあとどうするかについては、食事をしながら成り行きに任せるのもいいだろう。

東原の来訪はいつでも突然で予測のつかないことが多いのだが、そのときも例に洩れなかった。

「よお」

勝手知ったる足取りで、一階にいる事務員の案内もなしに二階の社長室のドアをいきなりノックして現れた東原に、佳人はおおいに狼狽《うろた》えた。

「ひ、東原さん！　すみません、いらっしゃっていたことに誰も気づかなかったみたいで」

「なぁに、俺が勝手に裏口から入って上がってきたんだ。下にいる連中にはかまわず仕事を続けてろと言っといた」

「相変わらずですね」

社長用のデスクにいた遥は、佳人とは裏腹に落ち着き払っている。東原との付き合いも長いので、こんな事態にはとうに慣れ切っているようだ。

「とりあえずお茶くれよ、別嬪《べっぴん》さん」

東原は佳人に向かって軽口を叩き、どさっと応接セットのソファに腰を落ち着ける。

デスクの上に広げていた書類を纏《まと》めて片づけた遥が、東原と向き合う形で安楽椅子に座り直す。

佳人は一階の給湯室に下りていき、東原と遥のために細心の注意を払って丁寧にお茶を淹《い》れた。

「よう、久保《くぼ》！」

背後からぽんと肩を叩かれる。

振り向く前から声で事故係の柳《やなぎ》係長だとわかっていた。遥の秘書になる前まで、ほんの一月ほどではあったが、佳人は柳の下で働いていたことがある。仕事が変わっても、佳人が遥のお供で黒澤《くろさわ》運送に来たときには、必ず柳はこうして佳人に声をかけてくれるのだ。

「元気か？」

そう訊ねる柳自身は五十をとうに越えていても相変わらず元気そうで、血色のいい顔を喜色満面にしている。毎日大声を出すのがストレス発散、健康の秘訣、と嘯《うそぶ》くのは、案外本気のようだ。

「はい」

本当は赤坂《あかさか》のことを考えるたびに心臓がざわざわして落ち着かず、手放しに元気だとは言えないところだが、柳の前では明るく振る舞うように心がけている。世話好きで情に厚い柳は、なにかと佳人のことを心配するからだ。

柳の視線が淹れたばかりのお茶の上で留まる。

「誰か来ているのか？」

「ええ。東原さんがさっきお見えになって」

「へぇえ。全然気づかなかったなぁ。儂《わし》は今し方まで出入り口のすぐ横にいたんだが」

「あの方も神出鬼没ですから」

佳人は半ば冗談、半ば本気で言うと、盆を持って柳に軽く会釈《えしゃく》し、階段を上っていった。

社長室に戻ったところ、遥と東原はヨーロッパを走る豪華列車オリエント特急の話をしている最中だった。なぜそんな話になっているのかはさっぱり見当もつかないが、おそらく東原から振った話題なのだろう。遥と喋《しゃべ》っているときの東原はたいていい上機嫌だ。遥もいつもより心持ち饒舌《じょうぜつ》になる気がする。佳人はたまに二人の関係を羨ましく感じることがあった。こんなふうに屈託なく話せたなら、きっと今以上に深く遥を理解できるのではないか。そう思うのだ。

「失礼します」

一言断りを入れ、運んできたお茶を東原と遥それぞれに出す。

「ああ、サンキュ」

東原は遥との話を中断し、佳人にも気さくに声をかけた。

「元気にしていたか、佳人？」

ここでもまた同じことを聞かれる。

佳人は微かに苦笑した。

「おかげさまで元気です」

「そうか。ならいい」

「東原さん。最近、貴史《たかふみ》さんはどんなふうですか？」

「あいつも元気だ」

東原は貴史のことになると、急に愛想がなくなり、軽口も叩かなくなる。最初佳人はそれの意味がわからず、もしかすると東原に貴史のことを聞くのはまずいのだろうかと思いもしたが、よくよく東原の顔つきを見ているうちに、そうではないのだと気がついた。これは東原流の照れ隠しなのだ。一度気づいてみれば、なるほど確かにそのようだった。東原辰雄《たつお》ともあろう男が、たかだか一人の男の話をするのに、なんとも据わりの悪そうな、妙に突っ張った態度を示すのである。それがどういう意味なのか、佳人には詮索する趣味はないが、かといって気にならないと言えば嘘になる。案外、貴史の抱えている悩みは、早晩解決するのではないかと期待していた。

お茶を出し終えた佳人は、そのまま遥に指示されていたファイル整理の仕事に戻った。

東原と遥が様々な話題で親しげに会話している同じ部屋で、黙々と地道な作業を続ける。ときどき会話の端々が佳人の耳にまで入ってきたが、ほとんどわからない話ばかりで、右から左に素通りさせていた。

「気持ちが荒れているときにおまえさんと話をすると、不思議に落ち着くんだよな」

「荒れてるんですか？」

「まぁな」

これには佳人も遥同様に意外な気持ちだった。思わず作業の手を止め、こちら向きに座っている東原の顔色を窺う。言われてみれば、確かに東原は少しばかり苛ついた表情をしているようだ。しかし、今の今まで東原が気分を悪くしていたとは思いもかけなかった。いったいどういうわけなのか、何があったのかと疑問に思い、耳を欹《そばだ》ててしまう。佳人には東原が不機嫌な理由など、とても想像できなかった。

「先々週、香西の船で一緒だった長田《ながた》と連れの男を覚えているだろ？」

「ああ。覚えてますよ。確か、もう一人は坂巻といっていましたね。ネットで通販会社をやっているとかいう。その二人がどうしたんです？」

たちまち佳人はファイル整理どころではなくなってしまった。

坂巻、すなわち赤坂の名前が出た途端《とたん》、全身が硬直する。頭をぐさりと矢で貫かれたような衝撃を受けた。

「実はあの長田ってやつは、やっぱりとんでもねぇ食わせ者でな」

東原が苦虫を嚙みつぶしたような顔つきで話し始める。

「おまえさんも知っているだろうが、川口組《かわぐちぐみ》系においちゃあ、どんなに小せぇ末端の組でも、系列だの傘下だのと名乗るからには、麻薬取引は徹底的に禁じられている。やりゃあ破門だ。破門状が回ったからには、この世界じゃ生きられねぇ。ところが、長田は香西にああして忠誠を誓って取り入っておきながら、陰ではまんまと御法度《ごはっと》の麻薬に手をつけていやがったんだ。昨日それが発覚して大騒動になった」

「それは香西の親分さんもメンツ丸潰れですね」

佳人は心臓を激しく震わせながら、遥の相槌を受けた東原の話の続きを待っていた。こめかみに浮き出た血管が破裂しそうなくらいドクドクと血を流し続けている。全身にはうっすらと冷や汗をかいていた。心配していたことが的中したのでなければいいが。もはや佳人は祈る思いで願うしかなかった。

「それだけじゃない」

東原の口調にさらに棘《とげ》が増す。

「長田の野郎め、こともあろうにマトリに目をつけられ、内偵されてやがった」

「まさか、坂巻ですか？」

思わずというように遥が身を乗り出す。

「ほう。察しがいいじゃねぇか、遥」

東原はスッと目を細めた。

「坂巻と名乗ってやがったあの男、本当は赤坂ってマトリだった。幸いにも取引現場を押さえられる前にすべてが明るみに出て、警察にも厚生労働省にも世話にならずにすんだが、香西は怒髪《どはつ》天《てん》を衝く勢いで怒り狂っている」

「長田は破門ですか」

「当然だ」

「で、その赤坂というマトリは？」

佳人は離れた場所でデスクについたまま、固唾《かたず》を呑んだ。一番聞きたいのはその点だ。長田も香西もその筋の人間なのだから、誰がどう処遇しようと佳人の与《あずか》り知ったところではない。だが、赤坂は一般人だ。しかも、麻薬で儲けようと考えている人間にとっては天敵のような、麻薬取締官なのである。この状況で果たして無事なのか、佳人には絶望的な予感がした。

「さぁな」

東原の返答はそっけないの一言に尽きた。

「俺にとって重要なのは、香西がいかにして長田組の不始末に対して責任を取るかということだ。それ以外のことに興味はない。香西も慧眼《けいがん》が曇ったもんだ。あんなろくでもないちんぴらにまんまと騙されるとはな。確かに、口八丁手八丁の巧みな男ではあったが」

「香西さんは上に対する申し開きを迫られているわけですか」

この場合、遥が聞いた「上」というのは、本家である川口組のことだ。

「香西は長田に破門状を出し、長田組を実質潰した。あそこの組は長田一人で保ってたような塩《あん》梅《ばい》で、ろくな構成員が育っていなかったからな。香西も躊躇うことなく切り捨てたんだ。元々香西は川口組組長の弟分として信頼されている身だ。今回のことはどうにかそれで片がつくだろ。俺としてもとりあえずはそれでメンツが立つ。香西とは付き合いが深かったから、へたすりゃ俺も一緒に糾弾《きゅうだん》されるところだったぜ」

「赤坂はどうなるんです？」

遥が重ねて聞く。

「おまえさん、えらくそいつにかまいたがるな？」

東原は不審な眼差《まなざ》しで遥をじっと見据えた。

「単なる興味本位ですよ、辰雄さん。マトリって職業も、大変だと思いましてね」

「あの男はどっちかっていうと、むしろ俺たちと同類に近い雰囲気だったが、これまたとんだネズミだったわけだ。ああいう、ギラギラとした野心的な目つきの男が公務員とはな。長田が油断したのも無理はないかもしれん。もっとも、麻薬に手を出したこと自体、いっさいの弁明を認められないんだがな」

「もし赤坂が本当にマトリなら、彼にはよけいなことをしないほうが穏便にすまされるんじゃないですか。潜入捜査をしていた麻薬取締官と連絡が取れなくなったとわかったら、さっそく警察が動きだしますよ」

「ところがあの男、今回の一件に関しちゃ、完全にてめえ一人の抜け駆けを狙っていやがった様子だ。香西が責めて口を割らせたところ、あっさり落ちて、自分一人の単独行動で、まだ誰も長田組が麻薬取引に関与していることは掴んでいないと白状したそうだ。不幸中の幸いだったわけだ」

「香西さんとしては、長田組に制裁を加えて落とし前をつけたあとは、赤坂には関知しないわけですか」

「まぁ、香西が赤坂をどうこうすることはねぇだろう。結局赤坂は潜入捜査に失敗したネズミで、具体的な証拠は掴んじゃいないわけだからな。長田組を潰したらもう用なしだ。長田のやつ、今行方をくらましていて、香西が血眼《ちまなこ》になって捜してる。赤坂をどうこうするなら、長田だな。あの男、クルージングのときにぺらぺら喋っていた例の海に沈めるやり方を試すつもりなんじゃねぇか。やりかねないだろうよ」

「長田は赤坂を捕らえているんですか？」

「たぶんな」

そこで東原は、突然佳人に声をかけてきた。

「佳人、悪いがお茶をもう一杯くれ。少し喋りすぎて喉が渇いた」

「は、はい」

佳人は慌てて椅子を立った。

こちらを向いた遥と目が合う。

——おまえはよけいな心配をするな。遥の目は確かにそう言っていた。それでも佳人の胸は不安のあまり、真っ二つに裂けてしまいそうなほど激しく震え、痛んだ。

社長室を出ると、壁伝いに覚束なく歩き、階段は手摺りに摑まって下りる。

お茶の葉を急須に入れようとするが、指が震えてしまってうまくいかない。外に零《こぼ》してはまた新しい茶葉を取って足し、それもまた零してしまうという体たらくだった。

しっかりしろ。

佳人は自分自身を叱責し、気をしっかり持つように努めた。

どうにかお茶を淹れ、一歩一歩注意して社長室に持って上がる。

「お待たせしました」

茶碗を東原の手元に置くと、東原はよほど喉が渇いていたのか、早々に蓋を開けた。

明らかに濃く出すぎたお茶の色が目に飛び込む。佳人はあまりにも苦そうなその色味に、自分で淹れたにもかかわらずギョッとした。

東原も眉を寄せ、口をへの字に曲げて閉口したような顔をしている。

だが、なぜか文句は言わず、そのまま持ち上げて渋茶を啜った。

「あの……」

淹れ直します、と佳人が言いかけたときだ。

デスクの上に置いたままにしていた携帯電話が鳴り始めた。

「ここはいいから電話を取って、向こうで仕事の続きをしていろ」

遥に顎をしゃくられ、佳人は畏《かしこ》まったままお辞儀をして応接スペースを離れた。

携帯電話の液晶画面を確かめる。確かめた途端、ギクリとなった。

赤坂だ。

前に彼がかけてきたとき、念のために登録していた。赤坂が自分の携帯からかけてきている。

佳人は電話を掴み、急ぎ足で隣の資料保管室に入った。東原のいる前で赤坂と話をするのはいささか無謀すぎる気がしたのだ。

「もしもし、赤坂か？」

『助けてくれっ！　た、助けてくれっ、久保！』

佳人の言葉に被さるようにして、赤坂の切羽詰《せっぱつ》まった悲愴な声が耳朶《じだ》を打つ。

「今どこだ。どこにいるんだ？」

緊急事態なのだと悟って、佳人は必要なことだけ聞き、赤坂に喋らせようとした。

『わ、わからん。やつらの隙をついて、死に物狂いで飛び出してきたんだ！　だが、あれだ。長田は俺を海に連れていって殺すつもりだ！　子分連中がそう言っていた』

海。さっき東原が言っていた言葉が脳裏を過《よぎ》る。この前長田が得意げに話していた、潮の干満を利用して人を恐怖に陥れながらじわじわと殺そうという話、あれのことに違いない。

だが、どこの海だ。

『とにかく助けろ。頼む、助けてくれ！』

赤坂の叫び声に思考を中断される。

恐怖からパニックを起こした赤坂は、恥も外聞もなく泣き、嗚咽《おえつ》を洩らしながら、あれほど侮《ぶ》蔑《べっ》していた佳人に縋《すが》る。頼みの綱はこの電話しかないという感じだった。もしかすると赤坂は取締官仲間の間で浮いていたのかもしれない。あの性格なら、周囲が閉口して爪弾《つまはじ》きにしたとしてもわからなくはない気がする。

「落ち着け、赤坂」

佳人は真摯《しんし》に励ました。

「警察に電話をして今いる場所の目印を話し、保護してもらうんだ。それが先決だ」

『あ、ああ。ああ、そうだ。そうだな』

動転した赤坂は最初に警察に通報することすら思いつかず、ひたすらに佳人を頼ったようだ。ここまで必死に頼られたのだと思うと、佳人もなんとかして絶対に赤坂を救わなければという気持ちを強くした。どれほど嫌味で性格の歪んだ男でも、殺されていい理由はない。生きる権利は万人と同じにあるはずだ。

「警察に電話をしたらもう一度おれに、」

『う、うわああああっ！』

「赤坂っ！」

ゴトッと電話機を取り落としたような音に続けて、助けてくれーっという悲鳴が遠くの方で聞こえた。

連中に見つけ出され、また捕らえられてしまったのだ。

佳人は顔面蒼白になり、呆然《ぼうぜん》として立ち尽くす。頭の中では、どうしよう、どうすればいい、という思考だけがぐるぐると堂々巡りしていた。

「佳人」

いきなり背後から肩を摑まれる。

「遥さん！」

振り向いて、遥のきつく引き締まった端整な顔を見た途端、佳人は縋りつかんばかりにして遥の二の腕に手をかけていた。

「赤坂からか？」

遥は佳人が左手に握った携帯電話を流し見て、端的に問う。

佳人はがくがくと首を縦に振った。

「長田たちの目を盗んで一度は逃げ出したけれど、つい今、おれと話している最中に……」

「行くぞ」

言い終わらないうちに遥が佳人を強く促す。

社長室の応接スペースにはすでに東原の姿はなかった。佳人が電話している間に帰ってしまったらしい。卓上に残された茶碗の中身は、綺麗になくなっていた。東原にとんでもないお茶を飲ませてしまい、佳人は顔から火が出るほど恥ずかしい思いをしたが、それもほんの一瞬のことだった。

今はそれどころではない。

階段を駆け下り、通路の途中ですれ違った柳に、遥は「出掛ける。今日はもう戻らない」と一方的に告げると、びっくりして口をぱくぱくさせている柳を尻目に事務所の裏口から駐車場に出た。

建物に近い部分の屋根付き駐車スペースに、遥がごくたまにプライベートで乗るポルシェ・ボクスターが駐まっていた。

遥が運転席に座る。佳人は助手席に身を滑り込ませた。イグニッションキーを回し、軽くエンジンを暖めてから、遥は慣れたハンドル捌《さば》きで車を発進させた。

「どこに行くんですか？」

「荒岩湾《あらいわわん》だ」

聞き慣れない名称に佳人は顔を顰《しか》めた。

遥の横顔を見る。

遥は少しも慌てておらず、動じてもいなかった。いつもどおりに淡々としている。しかし、その横顔はきつく引き締まっていて、真剣な気持ちで行動しているのが窺えた。遥と赤坂はなんの関係もないはずだ。唯一の接点は佳人を通じてである。佳人は遥の気持ちに胸が熱くなった。遥がこうして大事な仕事を放り出してまで佳人のために動いてくれているのだと思うと、感謝の気持ちでいっぱいになる。

「東原さんが教えてくれた。長田が言う、人を殺すのにぴったりの場所というのは、そこのことだろうと言っていた。以前にも長田はあの話を他の人間の前でしていて、東原さんはそのときそこに居合わせたうちの一人から聞いたことがあったそうだ。クルージングのときには香西さんが長田を叱責して話をやめさせたが、その前のときは誰も止めなかったので、もっと詳しく、場所の説明まで詳細にしたらしい。干潮と満潮のときで水位が大きく変わる岩場の海で、通常は海からでないと近づきにくい場所だ。しかし、あいにくと俺は船など持っていないから、陸側から下りていくしかない。相当足場が悪いようだが、おまえ、歩けるか？」

「もちろん、歩きます」

佳人はきっぱり即答する。ここまで遥にお膳立てしてもらっておきながら、いざとなったら何もできないでは情けなさすぎる。

「いいか。いつも冷静でいろ」

都内の混んだ道路を避けて裏道や筋道を右に左に縫うようにして走りつつ、遥はそれが肝心だという口調で言い、ちらりと佳人を流し見た。

「秋の一件でおまえに助けられた俺が言うまでもないことだな」

そう付け加えて苦み走った笑みを口元に浮かばせる。

「あのときは、貴史さんが一緒だったから、おれは最後まで諦めずに遥さんを救い出すことができたんです。おれ一人の力では何もできませんでした」

「俺もまさか、おまえと執行《しぎょう》が二人して来てくれるとは想像もしなかった」

「もう、この話はやめませんか」

二度と思い出したくない苦い記憶だ。佳人は唇を嚙みしめた。

「それにしても、俺もおまえも、とことんこういった事件に巻き込まれる運命にあるようだな」

「本当。どうしてなんですかね」

諦観《ていかん》に満ちた遥の、言葉の調子がちょっとおかしくて、佳人は思わず硬くしていた表情を緩めた。上げた視線が遥の横目とぶつかる。

「佳人」

遥がフッと真面目な顔つきになった。佳人もハッとして気を引き締める。

自分たちはこれから赤坂を救いに行こうとしているのだ。遊びでドライブしているわけではない。そのことを肝に銘じた。

「気象庁に電話して、荒岩湾の今日の満潮時刻を聞け」

「はい」

佳人はさっそく携帯電話を耳に当て、気象庁の番号を確認したあと、すぐさまそこにかけた。

「次の満潮は午後七時四十二分。干潮が午後十二時二十八分だったそうです」

ポルシェのフロントパネルに填め込まれたデジタル時計の時刻を見る。午後二時半ちょうど。

赤坂が悲鳴を残して連れ去られ、連絡が途絶えたのは今から二十分ほど前だった。赤坂がどこから電話をかけてきたのかは結局聞けずじまいだったが、まったく見慣れない場所だったらしく、さっぱりわからない様子でいたことを考えると、荒岩湾の近くだった可能性はおおいにありうる。

「今日は大潮だそうです」

遥はチッと舌打ちした。大潮のときには最も水位が上がるのだ。今夜は長田が試したがっていた方法で人を殺すには、うってつけの夜かもしれない。

「後味の悪い思いは俺もしたくない」

遥の言葉に佳人も深く同意した。

「すみません、遥さん。おれのために関係のない遥さんまで巻き込んで」

「関係ないと思うのなら誰が車を出すか」

ぴしゃりとした口調で不愉快そうに断じられ、佳人はビクッと軽く身を竦ませた。

「そういう他人行儀な態度は金輪際《こんりんざい》俺の前で見せるな」

遥は怒りさえ浮かべた怖い目つきで、凄味を利かせて佳人を横目に睨む。圧倒された佳人は開きかけた唇を閉じ、項垂《うなだ》れる。

「……はい」

厳しく叱責されたのだが、心は軽く晴れやかだった。遥の言葉は耳を疑うほど率直で、佳人が自分にとって他人ではないと言ったのだ。叱られながらも嬉しいと思っても無理はないだろう。

「おまえ、赤坂がマトリだってことを知っていたんだな。だからずっと悩んでいたのか。俺にもなにも言わなかったのは、事が事だったからか。確かに、めったなことでは人に明かせなかったはずだ」

「赤坂は、おれの高校時代の同級生なんです。香西さんと会う前の」

「そうか」

遥は多くを聞こうとはしない。いつもそうだ。佳人が話したいことだけ聞く。話したくないことを無理に聞く気はないようだ。一見突き放しているようで、実は常に懐深く見守ってくれている。このことに佳人が気づいたのは、そう前のことではない。遥は難解な男だが、一度理解すると、ふて腐れた仏頂面や、氷のように冷淡な顔にさえ、優しさや慈しみ、愛情などがちゃんと潜《ひそ》んでいることがわかるようになった。

「仲、お世辞にもいいとは言えなかったんですけどね。縁って、本当に不可解なものですね。こうなったからには、なんとか無事に赤坂を助けられるといいんですけど」

「長田は間違いなく赤坂を溺《おぼ》れ死にさせるつもりだ。ということは、タイムリミットは十九時過ぎまでと考えればいいだろう」

佳人は再度デジタル時計に目を走らせた。

午後二時四十五分。

刻々と荒岩湾の満潮の時刻が近づいてくる。

荒岩湾に着くのはだいたい二時間後。渋滞をおおよそ計算に入れてそれくらいだろう。

「東原さんの話では、車を降りた地点から海岸まで、普段さして歩き慣れない男の足だと一時間以上かかるだろうということだ。なにしろまともに人が歩く道じゃないらしい。できれば周囲が明るいうちに下り切ってしまいたいところだ。日の入りが遅い時期で幸いだった」

「たとえば、海釣りに来た人が偶然赤坂を見つけて助けてくれるという可能性は、全然ないんでしょうか?」

「全然ないに近い確率だと踏んだから、長田は嬉々として自分の発見と思いつきを自慢していたんじゃないのか」

確かに遥の言うのが正論だろう。

「じゃあ、やはり、赤坂を助けられるのはおれたちしかいないわけですね」

「たぶんな」

「警察の応援を頼むわけにはいきませんよね？」

「今から警察に駆け込んで事情を説明していると、彼らを納得させて動かすまでにそれなりの時間を取られる。まして、相手は確固とした根拠がない場合なかなか重い腰を上げない連中だ。基本的に警察という組織は、事件を未然に防ぐことに対しては無力に近い。彼らが真剣になって動くのは、誰かが本当に行方不明になった確証が見つかったときだ。今回の赤坂のケースに警察の力を当てにするのはどうだろうな。満潮の時間は人の力ではずらせないんだ」

あともう五時間しかない。いや、満潮になったときにはすでに溺れ死んでいるわけだから、四時間半と考えた方がいいだろう。時間との戦いだ。

車は幹線道路に出た。

ここから先はしばらく抜け道がないらしい。

幹線道路は慢性的に混んでいる。遥の運転するポルシェもたちまち渋滞の列に巻き込まれ、さっきまで快速で飛ばしていたのが嘘のようなのろのろ運転を強いられることになった。

くそっ、と一度低く悪態をついた遥だが、すぐに気を取り直し、冷静な眼差しで真っ直ぐ前を見据えた。苛々しても仕方がない。佳人も焦る心を宥《なだ》める。

「三つ先の交差点まで辛抱すれば、そこから先はまた脇道が通っている」

「遥さん、本当によく道を知っていますね」

佳人が心の底から感心すると、遥は憮然《ぶぜん》とした顔つきになった。

「当たり前だろう。俺は黒澤運送を立ち上げた当初、都内から都下に至るまで自分で軽トラックを運転して宅配していたんだ」

そういえばそうだった。

佳人はまじまじと遥を見つめる。

この俳優顔負けの綺麗な顔でツナギを着、猛烈な夏日も寒風の吹きすさぶ真冬にも荷物を抱えて行ったり来たりしていたとは、想像するのもなかなか難しい。

「その頃の遥さんに、会いたかったかもしれません」

「くだらん」

遥は佳人の言葉をすげなく一刀両断した。

「俺は今も昔もこのままだ。これ以上でも以下でもない」

「おれは、いつ遥さんに会っていても、きっと……」

きっと惹《ひ》かれただろう。

佳人は出しかけた言葉を寸前で呑み込んだ。こんなこと、面映《おもは》ゆくてとても本人を前にしては言えない。

遥も無言のまま、聞き流した。

言おうとして言わずにうやむやにした言葉がなんだったのか、たぶん、互いに知っていた。だから、あえて聞かなくてもいいという雰囲気になったのだ。

時速三十キロかそこらで、ようやく信号を二つ通り過ぎた。

次の交差点は二百メートルほど先だ。そこにまた信号が見える。

のろのろした速度でも、完全に停まってしまわないだけまだ希望が持てた。

三つ目の交差点が間近になる。

遥は溜息の出るようなハンドル捌きでみっしりと車が並んだ中を車線変更した。まるで鯉《こい》がしなやかに身をくねらせて水の中を移動するような、そんな感じといえば的確だろうか。若葉マークがやっと取れた程度の、初心者ドライバーの佳人には、神業にも見えた。

右車線から左車線に移動した遥は、交差点を左折し、そこからまた二つ目の角を右折した。

そうやって可能な限りどんどん裏道を選んで走っていく。

満潮までにはきっと間に合う。

佳人は遥の凜々《りり》しい横顔を見て、あらためてそう信じた。

緩いカーブの道路際に、車が停められるだけの待避スペースがある。遥はそこにポルシェを停めた。

車を降りてガードレールの手前から山の斜面を見下ろす。佳人も助手席から降りてきて、遥の横に並んで立った。

「この下だ」

労せずして歩けるような道が整っているはずもない鬱蒼《うっそう》とした斜面だが、木々の隙間を縫うようにしていけば、なんとか下りることは可能なようだ。ここに来る途中車窓から見えた海が荒岩湾である。小さな半島の切っ先にある湾で、西側には断崖絶壁が迫り出している。海は黒く硬そうな岩が一面にごろごろしていて、海蝕《かいしょく》によって作り出された洞窟があちこちにあるらしい。黒い岩と松、暗い色合いの海に泡立つ白い波。太平洋側の海というよりは、むしろ日本海側の、荒々しく波風の厳しい海に近い印象だった。めったに人の寄りつかない、穴場の海だと長田は言っていたが、確かに通常ならば船で近づくしかないだろう。

「何時だ」

「五時半くらいです」

佳人がすぐに答える。声音はしっかりしていた。焦燥《しょうそう》に駆られて苛立っている様子は感じられない。ただ、いつもに比べたら少し顔色が青い。遥は傍《かたわ》らの佳人を確かめ、これなら最後まで気をしっかり持って行動するだろうと思った。

二人とも車の中で靴を履き替えていた。たまたま黒澤運送にいたのが幸いした。たまに人手が足りないときなど積み荷の上げ下ろしを手伝うことがあるので、事務所のロッカーに作業服と軍手、ゴム底の運動靴が置いてあるのだ。傾斜した山肌を足場に注意しながら下りるのに、革靴ではかなり難儀するところだった。

ぐずぐずしている暇はない。

軍手をし、懐中電灯を持って、ガードレールを乗り越えた。佳人も遥の後に続く。

「足下に気をつけろ。滑って転ばないようにな」

「はい」

今度の佳人の返事には、緊張が出ている。

遥は秋に自分が拉致されたときにも、こうして一緒に山を下って逃げたことを思い出す。あのときは夜中いったん山の中に潜み、明け方港へ向かったのだった。いちおう昔のキャンプ場跡地に近い場所だったので、今回ほど足下が悪くはなかったが、追っ手に捕まるのではないかという不安に駆られながら佳人と貴史と三人で黙々と歩いた記憶がまざまざと甦《よみがえ》る。佳人の声の緊張は、もちろん今、赤坂を心配しているせいだろうが、そのうちの一割程度は、もしかすると秋のことを思い出したせいかもしれない。理由はないが遥にはそんな気がした。もう思い出すまい、早く忘れてしまおう。そう心がけてはいても、なにかにつけてあの記憶が脳裏を過る。それはおそらく佳人も同様のようだった。

斜めに傾いだ木の幹に手をかけて体を支えながら、慎重に地面を踏みしめる。後ろから来ている佳人には、遥が踏みしめたところを通るようにしろと言わずもがなの忠告をした。

六月は一年中で最も日が長い月だ。日が陰る前になんとか海岸まで辿り着けるだろう。海岸に出たら出たで、赤坂がいる場所を探し当てなければならない。たぶん、洞窟の中に立たされた状態で縛りつけられているか、岩と岩の隙間にでも閉じ込められているのではないかと想像していた。いっきに殺さず、じわじわと恐怖感を味わわせながらなぶり殺しにするとは、長田も相当陰湿で残忍だ。赤坂も長田を甘く見すぎていたのだろう。手柄を独り占めして功績を作ろうという欲が、結局は命の危険になって赤坂にしっぺ返ししたわけだ。もしこれで死ぬことにでもなれば、あまりにも軽率でばかげた振る舞いをしたと言うしかない。そんな身のほど知らずの男を、こうして苦労しながら助け出そうとしている佳人は、呆れるくらいのお人好しだ。放っておけない。知らん顔していられない。自分にできることがあるならとにかくやってみる。佳人の気持ちは、たぶん香西の許から高校生の少女を逃がしたときと同じなのかもしれない。

仕方がないやつめ。遥は木と木の間をくぐり抜けながら、ひとりごちた。

そんな過ぎるほどお人好しの男を黙って見ていられない遥も、きっと端から見れば奇特な男と映るに違いない。

所々、膝くらいの高さに、枯れた木が倒れたり植物の蔓《つる》が張ったりしているところがあり、足を引っかけないように気をつけた。

運動といえば毎朝ジョギングをしている程度だ。それでも佳人に比べたら、遥のほうがまだ頑健で体力もある。

歩きだして四十分ほど経った頃、背後から聞こえる息遣いが忙しくなってきた。

遥は一度足を止め、首だけ回して佳人を振り返った。

「平気か？」

「はい」

弾む息をしながら答える佳人のこめかみは、しっとり濡れている。額にかかる前髪が湿って張りついていた。上着は着たままだったが、ネクタイを外したシャツの襟は大きく開かれており、そこから覗く肌も薄く汗ばんでいる。

「大丈夫です。行きましょう」

佳人は遥のすぐ傍らにある幹に手を突き、遥を安心させるように笑顔を見せた。

体ごと振り返って上気した頰に素手で触れたい気持ちを抑え、遥は黙って顔を前に戻すと、再び歩き始める。

倒れかけている木や、行く手を塞ぐ枝にぶつかって、顔の皮膚を切るなどの怪我をしないように注意しながら、山肌を斜めに切って折り返しながら下りていく。

次第に波の音がはっきりしてき始めた。岩にぶつかって飛び散る水飛沫《みずしぶき》の音がする。木々の隙間から下方に海が見下ろせる。波は高めで、海は少し荒れているようだ。六時を過ぎるとさすがに日差しは弱まり、空も暮れなずんで見える。

そこから先は常に海を目の隅に入れながらの道程になった。

木の枝や岩などの障害物を踏み越えるために、ただ歩くのとは違って膝を上げて大股で歩かなければならないため、体力がどんどん消耗してくる。日頃ほとんど運動らしい運動をしていない佳人には、相当辛い道行きだろう。遥は振り返って確かめこそしなかったが、常に背後の佳人の気配に神経を研ぎ澄まし、少し距離が開いたなと思ったら歩調を緩め、佳人が無理せず自然に追いつけるようにした。

歩くたびに確実に海が近づいている。

潮のかおりが風に乗ってやってきた。磯の匂いだ。

急な傾斜を一歩一歩足場に気をつけて歩き続けてきた遥は、松の歪んだ黒い枝を回り込んだ途端、覆い被さる枝葉の向こうにぽっかり開けた海岸の風景を見つけた。

着いた。達成感に満ちた感慨が湧き起こる。

「遥さん」

すぐ後ろで佳人の声がした。

遥はようやく佳人を振り返り、上がった息を整えようと肩を大きく喘がせている細い体を、さりげなく腕を回して傍らに引き寄せた。

「本当に、すごく奇怪な形の岩がごろごろとした場所ですね」

周囲を見渡した佳人が不安そうな声を出す。

この海蝕された岩場のどこに赤坂がいるのか、これから二人で手を尽くして探さなくてはならない。

もう潮はずいぶん高くなっていて、引いているときには見えているはずの岩が、海に近い方から順にどんどん海面下に隠されていきつつあった。

「長田たちは赤坂をどこかに放置したあとこの場を離れたんでしょうか?」

「おそらくそうだろう。長田自身、香西に落とし前をつけさせられようとして追われている身だ。組は崩壊しても、まだ長田への制裁が残っている。香西は裏切り者に甘くない。組員らに命じて行方を探させているに違いない。長田は、赤坂に報復したら、いつまでもこんな場所にぐずぐずしていないで、どこかに雲隠れしようとするはずだ。まさか俺たちが赤坂を助けに来るとは、思ってもみなかったんじゃないか」

佳人も神妙に頷く。

「よし、手分けして赤坂を見つけるぞ」

遥は佳人の背中を励ますように平手で叩くと、上着を脱いでその場に投げやり、大きな岩がみっしりと埋まった海岸を右手に進み始めた。佳人も遥に倣《なら》って上着を脱ぐと、さらにシャツの袖を肘まで捲り上げ、左手の方角を探しに向かう。

「赤坂ぁっ、赤坂ぁ！」

「赤坂！　どこだ。いたら声を出せ！」

波飛沫と海風に掻き消されないくらいの大声を上げつつ、足場の悪い岩の上を上り下りして大柄な男の姿がどこかに見えないかと目を凝《こ》らして探す。赤坂は上背がある上、横幅も大きい。岩と岩の隙間に押し込められていればすぐ見つかりそうなものだが、他より一段と小高くなった大岩のてっぺんから見渡す限り、布きれや髪などの異質物は目につかない。

「赤坂ぁ」

左の方を探し歩く佳人の声が風に乗って遥の耳まで届く。佳人は岩と岩の隙間をひとつひとつ這うようにして覗き込みながら、赤坂を必死で探している。

その懸命な姿に、遥はじわりと胸の奥が熱くなった。きっと自分が拉致されていたときにも、佳人は今のように一生懸命探してくれたのだ。夜も眠れないほど心配し、吊された遥を見つけるなり、細い腕で信じられないくらい強く遥の胴に抱きついてきた。そしてなかなか切れないロープに焦れながら、堪えかねた様子でひと粒涙を零したのだった……。

遥は、今はそうした感慨に浸っている時ではないと、頭を大きく振って気を引き締めた。

赤坂のやつめ。佳人と関わっていた幸運に感謝しろ。そう心の中で呟く。

呼んでも呼んでも赤坂からの応答は聞こえなかった。

もしかすると口を塞がれているのかもしれない。もしくは、すでに叫び疲れて喉が嗄《か》れ、思うように声が出せなくなっているのか。

いずれにしても、もう時間の余裕はそれほどなかった。海岸を捜索し始めて二十分経つ。探している間にもどんどん日は傾いていく。太陽はオレンジの色合いを増し、たなびく雲にも紺や薄紫、薔薇《ばら》色などの色を、絵筆ですうっと撫でたようにつけていた。

海も徐々に岩を覆い隠しながら遥たちに迫ってくる。

岩間にはいない。

遥はあらかた探してみてそう判断すると、岩から岩へ飛び移る勢いで佳人のいるところに近づいていった。

佳人が気づいて振り返る。

「海蝕洞の中をしらみつぶしに見て回れ！」

遥は断崖絶壁の岩壁を指しながら佳人に向かって叫んだ。岩壁には、波に浸食された穴がいくつも空いている。中には大人が立って入れるほどの洞窟もあり、すでに海に沈んで洞の中まで潮が満ちているものもあった。

「急げ。満潮までもう三十分ほどしかない。ちょうど満潮の時間に合わせて殺そうとするのなら、水はすでに赤坂の肩くらいまで来ているはずだ」

もし赤坂に意識があるなら、今頃は必死で藻掻《もが》いているだろう。

ただでさえ青ざめていた佳人の顔が、さらに血の気をなくす。

後味の悪い思いはしたくないと運転しているときにも佳人に言ったが、それがまったく偽らざる心境だった。はっきり言って、遥自身は赤坂になんの興味もない。死のうが生きようが、自分と全然関係のないうちはまったくかまわなかった。しかし、こうしてひとたび関わってしまうと、そう簡単には割り切れない。これもなにかの縁だ。関わり合いになったからには、絶対に死なせるわけにはいかないという気持ちが働いた。

「遥さんっ！」

膝上まで海に浸かりながら洞窟の中を覗き歩いていた佳人が、ひときわ大きな声を出す。見つけた、という叫びが込められていた。喜色と焦燥とが入り交じった表情で、遥に腕を振る。

「いました。ここ、この中です！」

遥は水没した岩場を、佳人が立っている場所まで大股で進んだ。急いだために途中何度も足が滑って転びそうになった。近付くにつれ、足首ほどまでだった水深が増す。時折波を被るため、ズボンはもとよりシャツまで濡れて肌に張りついていた。

「ちょっとどいていろ」

遥は佳人の肩を押して脇に避けさせ、洞窟の中を覗き込んだ。

暗い中に男の顔がぽっかり浮かんでいる。

「た、助けて……！　助けてくれっ」

掠れそうな声が聞こえる。

肩にバンドでかけて小脇に抱え持ってきた懐中電灯の明かりをつける。

洞窟の中はすでに水浸しだった。干潮の際には海岸伝いに歩いて入れたようだが、満潮を間近にした今、海水は赤坂の顎の上まで来ている。

「だ、誰だ」

いきなり光りを浴びせられた赤坂は、目を眇めた。自分では叫んだつもりだろうが、嗄《しゃが》れてようやく聞き取れるくらいの声だ。油断すれば口や鼻に流れ込む海水を避けるため、常に顎を上向けているせいもあって、喉が塞がれまともな声が出せないのだ。

「しっかりしろ、赤坂。今すぐ助ける。もう大丈夫だ」

遥は赤坂を励ましながら傍らの佳人を振り返った。

「おまえはここで待っていろ。この洞窟に二人で入るのは無理だ。赤坂は手足を縛られて座らされているようだ。もしかすると、足の骨を折られているかもしれない。俺が抱えて連れ出してくるから、おまえはその間この懐中電灯で中を照らしていてくれ。あと、携帯電話が無事なら、海上保安庁に連絡して洋上救急センターに医師の派遣を要請してもらうんだ」

「わかりました」

佳人は遥の渡した懐中電灯を受け取り、胸ポケットから携帯電話を取り出す。どうやら浸水してはいないようだ。

そこまで見届けてから、遥は中腰になってごつごつした岩の穴をくぐり、肩まで海水に浸かりながら泳ぐようにして中に入り込んだ。

「うああっ……！」

助かる、と油断して気が緩んだのか、顎を下げた途端海水を飲んだらしく、ぐげええっ、と赤坂が苦しげに異様な声を出す。すでに体力は使い果たし、気力だけで生きながらえようと足掻《あが》いていたのだろう。

「おい。しっかりしろ」

遥はえずく赤坂の脇に腕を入れ、少しでも彼の体を水から浮かせて顔が海に浸かるのを防ごうとした。しかし、重しでも括《くく》りつけられているのか、赤坂の巨体は動かせない。

「腰に……こ、腰に……！」

口をあっぷあっぷさせて喘ぎながら赤坂が途切れ途切れに言う。

遥は海に潜《もぐ》り、赤坂の腰を確かめた。洞窟の入り口にいる佳人が常に遥の動きを捉えてくれており、懐中電灯を的確に移動させ、遥が照らしてほしいところにその都度《つど》明かりの輪を持ってくる。どんな場合にも佳人は遥の有能なパートナーだった。

赤坂の腰にはロープが巻かれている。結び目は固いが外せなくはなさそうだ。ロープの先には案の定コンクリートの塊《かたまり》がついていた。ときどきマンションの非常口でドアストッパー代わりに使われるような立方体の代物だ。

いったん頭を上げて肺に入るだけの空気を溜め、再度潜った。

荒縄の太いロープはぎっちりと結び締められている。遥は手袋をした手でその頑丈な結び目を解きにかかった。ぐずぐずしていると赤坂は溺れ死ぬ。洞窟から連れ出すには是が非でもこの紐を外さなくてはならない。こんなとき、サバイバルナイフの一本でもあればたちどころに切り離してしまえるのだが、あいにく事務所にも車にもその役目を果たせる道具は置いてなかった。あったのは、せいぜいハサミやカッター程度だ。普通の事務所はまずそんなものだろう。

焦るな、焦ってはますます指がスムーズに動かせなくなる。遥は逸《はや》る気持ちを抑えた。

息が続く限界まできて、一度水面に頭を出し、新しい空気を吸い込んでまた潜る。そろそろ洞窟内の空気も薄くなりつつあるようだ。この洞窟は、大潮の満潮時には完全に水没してしまう高さだ。さすがの遥もぞっとした。

「早くぅ、早く、あああ、早くしてくれよう」

とうとう赤坂が恥も外聞もなく噦《しゃく》り上げ始めた。

「赤坂！」

気を揉んでいるのは、外でじっと辛抱強く成り行きを見守っている佳人も同様のようだ。赤坂が情けなく泣き出したとき、佳人が手にした懐中電灯の明かりが大きくぶれた。できることなら自分も中に入って遥を手伝いたい。赤坂を傍で励ましたい。そんな気持ちがその揺れから感じられる。

「もう少しだ」

二度目に息を吸いに出た際、遥は二人に向けて一言だけ放ち、一分一秒も無駄にせず、またしても海に身を沈めた。

厄介だった結び目がようやく解ける。

遥は赤坂の腰からロープを外すと、そのまま胴に腕を回し、浮き上がって水面から顔を出した。

「遥さん！」

佳人が歓声にも似た弾んだ声を出す。赤坂のこともだろうが、いつまでも潜り続けていた遥の無事にも安堵《あんど》したようだ。

海面は洞窟の天井まであと二十センチという位置に上昇している。遥たちが来るのがあと三十分遅ければ、赤坂はまず助からなかっただろう。

遥に支えられて海面から完全に顔を出した赤坂は、貪るように空気を吸い、ぜいぜいと肩を喘がせていた。赤坂の両腕は背後に回され、やはり荒縄できつく縛り上げられている。足首も一纏めに括られていたが、幸い、骨は大丈夫のようだ。ただ、顔をはじめ全身を殴ったり蹴られたりしてさんざん痛めつけられたらしく、全体的にかなり衰弱していた。

赤坂を背負うようにして洞窟の出入り口まで引き返す。

佳人がすかさず援助の腕を差し伸べてきて、遥の肩と背にかかっていた巨漢の男の重みを、細い肩に半分引き受けた。

「よかった、遥さん！　赤坂！」

佳人の声はちょっと震えている。心配で心配でたまらず、やきもきしていたのだろう。助かったとわかるやいなやぐったりして気絶してしまった赤坂を、二人がかりで水に浸されていない岩の上に引きずり上げた。そこで手首と足首を縛っていた荒縄を解く。佳人も手伝い、複雑な瘤《こぶ》を根気強く解いた。

「保安庁には連絡がついたか？」

「はい。医師の手配もお願いしました」

「そうか」

いっきに肩の力が抜ける。どうにか赤坂を救えたのだという実感が、後からじわじわと湧いてきた。深い溜息が洩れる。

「遥さん」

佳人が感激のあまり我を忘れたようにして、遥の胸に抱きついてくる。いきなりで、まるで構えていなかったため、遥は中腰の姿勢を崩し、あやうく尻餅をつきそうになった。

「佳人！」

「よかった」

佳人はもう一度繰り返し、全身ずぶ濡れの遥に、さらに強く身を擦りつける。

波を被って濡れた髪が、白いうなじに張りついている。遥は手を上げ、指を伸ばすと佳人の後ろ髪をそっと撫でた。

「……おい」

すみません、とくぐもった声が聞こえる。

遥は佳人の髪をあやすように撫で続けた。

すぐ横にはのびた赤坂の巨体がある。

太陽は赤とオレンジ色に燃え、暗くなりかけた濃紺色の海にどんどん近づいていた。日没がそこまで来ている。岩場は辿り着いたときよりずいぶん水没しており、すでにあの洞窟の入り口は海面下に沈んでいて見えなくなっていた。

黄金色の道を海の上に伸ばしながら、太陽が水平線にくちづけた。

久しぶりに見る海への日没だ。

「沈むぞ」

佳人の耳元で低く囁く。

ピクリと肩を揺らして佳人が遥の胸から顔を上げた。情動のままなりふりかまわず抱きついたことを恥じているのか、佳人の頬はほんのり桜色に染まっている。赤い夕陽がさらにそれを照らす。

「太陽が海に沈む」

遥はぶっきらぼうに告げ、顎をしゃくってみせた。

「本当だ」

遥から身を引いて体の向きを変えた佳人が、感嘆したように呟く。

「綺麗ですね」

そう言って真っ直ぐ夕陽を見つめる佳人の横顔に、遥は目をやった。もう見慣れたはずの顔なのに、こうしてたびたび見つめてしまう。濡れて肌に張りつくシャツから肌の色が透けている。胸の突起もくっきりと見え、遥はそこでやっと視線を外した。

「あ」

佳人が短く声を上げる。

つられたように沖を見た遥は、こちらに向かって近づいてくる巡視船に気がついた。

佳人はすっくと立ち上がり、遥が預けていた懐中電灯の明かりをつけると、大きく円を描くように三度振り回した。すぐさま巡視船からもライトを点滅させて合図が返る。遥たちの位置を確認したのだ。

遥も膝を伸ばして立った。

「おれたちもあの船に乗りますか？」

「もちろんそうなるだろう。赤坂一人乗せるわけにもいくまいからな」

「……事情聴取にはどう答えたらいいと思いますか？」

迷いを含ませた声で、佳人は躊躇いがちに聞く。

「おまえ次第だ。厚生労働省の職員であるマトリが、麻薬取締官事務所に内密で勝手な単独捜査を行っていたことが明るみに出れば、懲戒免職処分もあり得るな。通常の割り当て仕事もこなした上で、長田組を摘発しようと躍起《やっき》になっていたこの男のタフさには一目置くが、事務所は単なる不祥事として捉えるだろう。今回のことでは赤坂も懲りたはずだから、二度と野心に駆られた軽率な行動は取らないんじゃないか。岩場で足を滑らせて溺れかけた男を、たまたま居合わせた俺たちが助けたとでも言っておけば、保安庁もそれらしい書類を作成できて納得するかもな」

遥の言葉に、硬くなっていた佳人の表情が緩む。瞳にも安堵が浮かんでいた。

「遥さんがそれでかまわなければ、そうさせてください」

「だから、おまえ次第だと言ったはずだ」

ぶすっとしたまま遥は答え、そっぽを向く。

「はい」

佳人は明るい返事をして、続けてくしゃみを立て続けに二回した。

「おい」

大丈夫か、と遥は背けたばかりの顔を戻し、佳人の顔を睨む。服ごと濡《ぬ》れ鼠《ねずみ》になった体を海風が吹き過ぎていくたびに、遥も寒気を感じていた。日が暮れてからは気温もみるみる下がってきている。

佳人は照れくさそうに指の側面で鼻の下を擦り、苦笑した。

「まだ泳ぐには早かったですね」

「濡れたシャツを脱げ」

「えっ？」

当惑する佳人の傍を離れた遥は、岩の上に脱いで放り投げていた二人分の上着を手にして戻る。

佳人が慌ててシャツを脱いだ。遥の意図を察し、変な躊躇いを捨てたようだ。

遥は上半身裸になった佳人に、すかさず二枚の上着を重ねて羽織らせた。

「そんな。遥さんも……」

「俺はいい」

気を遣って狼狽える佳人をぴしゃりと断り、遥は続けた。

「もう少しの辛抱だ。船に乗せてもらえば体を拭いて服を乾かさせてもらえるだろう」

濡れた衣服を着ていると、体温は奪われるばかりだ。温まるには、まず体を乾かさなくてはいけない。

「……すみません」

佳人はじわっと俯き、小さな声で遥に感謝した。

遥はあえて佳人から少し離れ、赤坂の傍に屈み込む。なんとなく気恥ずかしかったのだ。佳人も面映ゆそうで、二枚の上着をしっかり前で握り合わせ、その場に立ったまま海に顔を向けている。

船はどんどん近づいてきていたが、海岸の手前十数メートルの地点で停止した。岩があるため巡視船ではそれより先には進んでこられないのだ。

巡視船から救命用のゴムボートが海に降ろされる。

それがモーターの音をさせながら、真っ直ぐこちらを目指して来た。

「上に停めてきた車はどうするんですか？」

佳人が後方にいる遥を振り返り、ふと、たった今思い出したように聞いてくる。道端に車を一晩置きっぱなしにするわけにはいかないのでは、と心配したようだ。

「ああ、あれは明日にでも取りに行くしかないな」

「それまで無事だといいんですけど」

「盗られたら盗られたで諦めるさ。警察に持っていかれて呼び出しを食らうほうが面倒だ」

気に入っている車だから惜しくはあるが、実際問題として仕方がない。こうなることは最初から予測できていた。

「あれがないと明日からの仕事に差《さ》し障《さわ》りがあるというわけじゃないんだ。もし盗られたとしても気にするな」

「はい……」

いちおう「はい」と答えながらも、佳人は申し訳なさそうな表情をしていた。だが、まもなくモーターをつけたゴムボートがすぐ傍まで接近し、停泊したので、気を取り直してそちらに意識を戻したようだ。

ゴムボートには男が三人乗っている。

「怪我人はそこですかあ？」

「そうです。お願いします」

救急救命士二人が担架を持って急ぎ足でやって来た。

二人はてきぱきした態度で赤坂の状態を確かめ、佳人と遥にいくつか質問し、手際よく担架に乗せてボートに担ぎ込む。

遥たちも含め六人を乗せたボートは、沖で停泊していた巡視船に戻り、引き上げられた。

これでようやく、本当に肩の荷が下りた気持ちだ。

佳人もさぞかしホッとしただろう。そう思って佳人の顔を見る。ほとんど同時に佳人も、それまで伏せ気味にしていた顔を上げ、遥を見た。

真っ向から目が合う。

フッと遥は苦笑し、先に横を向く。

ここのところ、なんだかこんなふうにちょくちょく同じ行動をしてしまうことが多い。

決して嫌ではないのだが、少々きまりが悪く、遥は毎度どんな顔をすればいいのか悩むのだった。

遥と佳人は巡視船の中で簡単な事情聴取を受け、連絡先を聞かれただけで、帰宅の許可を得た。もしかするとまた話を聞かせてもらう必要が出てくるかもしれない、と言われたが、とりあえず解放されて安堵した。

赤坂は近くの救急病院に運び込まれた。全体に衰弱が酷いが、骨を折っていたり内臓を傷つけていたりというような大きな怪我はなく、今のところ心配する必要はなさそうだ。家族に知らせたいと言われたが、あいにく佳人は何も聞いておらず、知りません、と答えるしかなかった。赤坂が目を覚まさなければわからない。そういえば、佳人は赤坂が今どこに住んでいるのかさえ知らない。今日のことが起きる前、佳人は赤坂に三度会っていたが、いずれもそんな個人的な状況を教え合うような和やかな雰囲気とはほど遠かった。結局、偶然その場に居合わせた通りすがりの他人程度の受け答えしかできず、よかったのか悪かったのか微妙なところだ。

病院を出たときには、十時を過ぎていた。

表通りで流しのタクシーを拾う。

濡れたズボンとシャツはとりあえず乾燥させたが、見る影もなくよれよれになっていた。まともなのは上着だけだ。船の中でいちおうシャワーを浴びさせてもらったものの、あらためてゆっくりと湯船に浸かって温まりたい気持ちでいっぱいだ。今日は本当にハードな一日だった。

だが、どうにか赤坂を助けることができたので、佳人の心は軽く、楽になっていた。

遥には感謝してもし足りない。遥がいなければ、きっと佳人は狼狽えているばかりだっただろう。なんとかしたいと焦りはしても、実際には何もできない。佳人はいつもそうだ。秋は秋で貴史がなにもかも段取りし、佳人を導いてくれた。今度は遥がその役をしてくれたわけだ。ありがたい。そして、申し訳ない。そのくせ嬉しくもある。こうして遥がいつも身近にいてくれることの幸せを、佳人はひしひしと感じていた。

タクシーに乗り込んで行き先を告げるとき、佳人は遥を窺った。ここから都内の家までタクシーで帰るのか、それとも最寄りの駅から電車に乗るのか、遥の意思を確かめなければ運転手に指示できない。

「JR駅の方にやってくれ」

遥は佳人を見ずに、前を向いたまま自分で運転手に言った。

車が走りだす。

佳人は背凭《せもた》れに体を預け、軽く目を閉じた。疲労が体の隅々にまで広がり、シートに下ろした腕を動かすのも億劫《おっくう》になる。指の一本一本が、鉛《なまり》のように重かった。慣れない山歩きをした両足のふくらはぎも、ぱんぱんになっている。明日は筋肉痛に悩まされるに違いない。

遥は平気なのだろうか。明日もまた仕事の予定は山積みだが、少しくらい体を労《いたわ》って休まなくて大丈夫なのか。

気になって瞼を開きかけたとき、不意に遥の声がした。佳人にではなく、タクシーの運転手に話しかける声だ。

「悪いが、行き先変更だ。その先の信号を右折して、看板に案内が出ている場所に着けてもらいたい」

「えぇ…っと…、あの緑色の看板ですか？」

「そうだ」

佳人は目を開けてシートに崩れるように凭れさせていた体を起こして座り直し、遥の言う看板を見た。

『ホテル・ムーンライト』

意外さに「えっ」と驚き、本当にこれのことだろうかとまじまじ凝視した。

タクシーは看板に描かれた矢印の通り、交差点を右折する。右折後三百メートル先、と案内されていた。

右折して入った道路は緩やかな坂になっていた。片側一車線の一般的な幅の坂道だ。

緑色の看板は道路左側の白い壁の建物へとタクシーを導き、エントランス近くの塀の横で停車した。「ここでいい」と遥が声をかけたからだ。

「降りろ」

懐から出した札入れから紙幣を抜いてさっさと支払いをすませた遥は、ぶっきらぼうな口調で短く佳人を促した。呆然としていた佳人ははっとし、慌てて開け放たれていたドアから降りる。続いて降りてきた遥は、戸惑う佳人を振り向きもせず、口を閉ざしたまま門からホテルのフロントヤードに入っていく。佳人も遥の背中に引かれるようについていった。

アスファルト敷きのフロントヤードは、車寄せと駐車場になっていた。ぱっと見た感じはビジネスホテルのようだ。

自動ドアを通り抜けてロビーに足を踏み入れる。

佳人は完全に声をかけるタイミングを逸していた。胸をざわめかせながら、いったい遥はどういうつもりなのだろうと、思いつく限りのことを考えるばかりだ。単に休みたいだけ。一刻も早く風呂に入りたかった——あえて肝心なことは頭から追い払い、そんな言い訳じみた理由ばかり思いついては、まさか、と端から打ち消していく。佳人は初めてのことにおおいに動揺し、どうにも潔く、素直になれずにいた。それとも深く考えすぎているだけだろうか。遥にとって、ラブホテルとビジネスホテルは同義なのだろうか。

あれこれと考えを巡らせているうちに、遥は迷いのない態度で自動チェックイン機からカード型のキーを取り、「上がるぞ」と佳人に声をかけてきた。

「あ……、は、はい」

声が緊張で上擦《うわず》る。

エレベータの中でも沈黙が続き、いよいよ佳人は落ち着かない気分になってきた。

遥のことはこの一年でずいぶんわかったつもりになっていた。実際、出会った頃に比べれば、自分でも信じられないほど遥の考えていることが読めるようになってきたと思う。

しかし、今のこの状況はあまりにも唐突すぎて、いつもと同じ感覚で遥の心を推《お》し量っていいものか、佳人を迷わせ、躊躇わす。ともすれば自分の願望ばかりが先に立ち、それを遥の望みであるかのように考えようとする姑息《こそく》な気持ちが働いているのではないかと不安になるのだ。

佳人の背後でドアが自動的に閉まる。内部はホテルの部屋というよりマンションの一室のような造りで、沓脱《くつぬぎ》があった。そこから一段高くなったフローリングの廊下に一人分ずつビニール包装された使い捨てのスリッパが用意されている。普段なら佳人が率先してビニールを破り、遥にスリッパを差し出したはずだが、まだ動揺してぎこちなさが抜けていなかったためぼんやりしていて、気がつけば遥はさっさと自分でスリッパに足を突っ込み、室内に入ってしまっていた。

部屋は広くて小綺麗に調っていた。

壁にヘッドボードをつける形でダブルベッドが置かれている。手前のスペースには二人掛けのソファとローテーブル、オットマン付きの安楽椅子があり、傍らにモダンなデザインのスタンドが立っていた。

遥は上着を脱ぐと無造作にソファに投げ、ワイシャツの袖口のボタンを外した。

壁際に立ち、遥の行動を見守っていた佳人は、思わず視線を逸らした。遥が服を脱ぐところはたまらなくエロティックだ。いつも佳人はそれだけで官能を煽《あお》られる。白いシャツの隙間から張りのある胸板が垣間見えると、心臓をきつく摑み上げられた感じがして身震いが起き、ぞくぞくとしてくる。

バサッと軽い衣擦《きぬず》れの音がして、佳人はさらに俯いた。遥がシャツを脱ぎ捨て、上半身裸になった姿が脳裏に浮かぶ。見なくてもこんなにドキドキするのだ。一目でも見てしまえば、きっともう、欲しがる表情を隠せないに決まっている。佳人は自分の淫らさ、節操のなさを、嫌になるほど自覚し、恥じていた。

突然、目の前に影が差す。

遥が佳人の正面に立ちはだかったのだ。

気がついた佳人がおそるおそる顔を上げるより、遥の腕が伸びてきて乱暴なくらい激しく腰を引き寄せられるほうが早かった。

裸の胸に抱き込まれる。

「は、はる……っ！」

顎を摑み取って顔を擡《もた》げられたかと思うと、上げかけた声を遮るように、遥は荒々しく唇を塞いできた。

口と口の粘膜を触れ合わせた瞬間、頭の中で無数の小さな爆発がいっせいに起きたようだった。

佳人は堪え切れず低く呻き、瞠っていた目を閉じた。唇を強く吸い上げられると、体からあっというまに力が抜ける。佳人は遥の背に腕を回し、縋った。遥も腰を抱く腕にさらに力を入れる。

濡れた舌が唇をこじ開け、滑り込んでくる。

遥は落ち着き払っているようでいて、その実、激しく高揚し、身を昂《たかぶ》らせていた。佳人の口の中を蹂躙《じゅうりん》する舌にもほとんど余裕がない。欲情のままに貪り、啜り上げ、熱い息をつく。

こんな遥はめったに見ない。

頭の芯が痺れるのを感じながら、佳人も夢中で遥に応えた。

抱き留められた胸板から、すっかり馴染んでしまった遥の匂いがする。佳人はそれに酔い、熱いキスに陶然とした。

ようやく遥が唇を離す。ゆっくりと、いかにも名残惜しげに離していったので、濡れた唇同士を透明な糸がしばらく繋いでいた。

佳人は感極まって、欲情にまみれた吐息を洩らす。

遥の右手が佳人の髪を梳き、指に絡めて優しく愛撫する。羞恥を忍んで見上げた遥の顔は、息を呑むほど端整で色っぽく、佳人の胸を激しく高鳴らせた。目元が少し上気していて、ふるいつきたくなるほど艶がある。

じっと佳人に視線を当てていた遥は、うっすら口元を綻ばせると、耳元に唇を寄せて囁きかけてきた。

「今すぐおまえが欲しい。いいか？」

たちまちぼわっと頬が熱くなる。佳人は狼狽え、遥の腕の中で僅かに身を捩《よじ》った。抵抗するつもりはなかったが、こんなことを耳朶に吹き込まれたら、いったいどんな返答をすればいいのかわからない。

くるりと体を反転させられ、体の正面を壁に押しつけられた。

「遥さん……！」

ベルトを外してズボンを落とされる。下着もずらし、下半身を剝き出しにされた。

その恰好で大きく腰を引かれた佳人は、恥ずかしさをやり過ごすため、手と頰を壁につけて縋った。割られた足の間に遥の片足が入り込む。どのくらい欲しがっているのかを知らしめるように押しつけられてきた股間の昂りは、着衣越しにもはっきりとその硬さ、大きさがわかった。期待と恐れに体がぶるっと震える。

舐めて濡らされた指が忍んできて、繊細な襞《ひだ》を撫で、伸ばす。

外からの挿入に慣らされた佳人のそこは、少し弄られただけで解れ、柔らかくなる。徹底して快感を覚え込まされているから、もっと、とねだるように従順になるのだ。佳人は羞恥に喘ぎつつも、抑えようもなくより強い快感を求め、腰を揺らした。

遥の長い指が、窄まりの中心をやや強引に突き破る。指は躊躇うことなくいっきに付け根まで入り込んできた。

佳人は悲鳴とも悦楽の声ともつかぬ叫びを上げ、壁に向かって熱い息をつく。心臓が破裂しそうなほど動悸を速めた。こめかみに浮いた血管がドクドク音をさせて血を送り出す。狭い筒を擦って刺激されるたび、佳人は喘ぎ、譫言《うわごと》のように遥を呼んだ。

カチャリと金属が触れ合う音を耳にした。

指が抜かれ、遥の熱い中心が尻の狭間《はざま》に押しつけられた。先端は濡れている。肌で感じる熱さと湿り気が佳人の官能を高め、貪欲にさせた。

腰を抱え直され、位置を合わせるなり、一息に貫かれた。

並々ならぬ嵩《かさ》のものを最奥まで穿《うが》たれ、衝撃のあまり一瞬息が止まる。唇から悲鳴が迸《ほとばし》った。

遥は腰の動きを止めたまま、佳人の胸に手を伸ばし、シャツのボタンをむしり取るように外していく。前を開かれたシャツを腕から抜かれ、脱がされる。

裸になった胸を手のひらで撫で、両側の粒を摘《つま》んだり擦ったりして弄られた。刺激に弱い乳首はきゅんと硬く尖り、淫らに突き出してくる。そうなったところをさらに強く刺激されると、佳人は我慢し切れなくなった。

自分でも淫らだと思うような声を上げ、啜り泣きや嗚咽を洩らす。

徐々に腰の動きまで加えられ、中に入り込んだ硬い先端で感じる部分を内側から突き上げられたり叩かれたりすると、佳人は股間を猛々しくそそり立たせた。先端の小穴からじんわりと浮き出した雫《しずく》を、節操もなく滴《したた》らせてしまう。意地悪な遥は、指の腹でそのぬるぬるしたものを塗り広げ、佳人を居たたまれない心地にさせ、悶えさせた。

狭い筒をぎちぎちに押し広げた怒張が容赦なく抜き差しを開始する。

苦しみと法悦《ほうえつ》の波が交互に押し寄せ、佳人は激しく揺さぶられ、翻弄された。

遥は喘ぎ泣く佳人の肩や背中の至る所に唇を押し当て、自らの激情を鎮めるように、歯を立てて噛んだり、きつく吸引して鬱血《うっけつ》の痕を散らしたりする。その間、右手は佳人の股間を扱《しご》き続けていた。

前と後ろを同時に責められる刺激の強さに、佳人は悦楽にまみれた嬌声《きょうせい》を放ちながら、とうとう耐え切れなくなり、胴を震わせ、遥の手に射精した。腰が抜けそうなほどの快感を味わい、支え手がなかったならばその場に膝を突いて頽《くずお》れているところだった。

佳人を達かせたことに満足したのか、遥も自分の快感の極みを求め、さらに腰の動きを荒々しくする。

引きずり出したものをまたねじ込む動作を繰り返し、敏感な粘膜を責め立てる。

一度達した直後の佳人の体は弱く、ひとたまりもなかった。

奥に銜《くわ》え込んだ陰茎をきつく引き絞り、遥を呻かせる。早く、お願い、と切羽詰まった哀願が口を衝き、なりふりかまわず啜り泣きした。

一段と深い部分まで突き上げられたところで、遥の動きがぴたりと止まる。

佳人は艶めいた嬌声を上げ、壁に突いた指の爪を立て、ギリッと引っ掻いた。

「よせ」

荒げた息遣いも整えぬまま、遥は佳人を叱り、手に手を重ねてくる。佳人は遥の手の甲に夢中で唇を押し当てた。

まだ奥深く穿たれている遥がピクンと動くのがわかる。

「……遥さん」

佳人はしみじみと噛みしめるように遥の名を呼んで、何度も何度も繰り返し手の甲や指に口づけた。

この熱い気持ちが少しでもたくさん遥に伝われればいい。遥とこんなふうにひとつになれて、佳人は毎回毎回泣き出したくなるほどの幸福感に包まれる。もう、遥がいないと、どうやって生きたらいいのかもわからないくらい、強く惹かれていた。

もし今日の事件が遥の身に起きたことだったとしたら、佳人はとうてい冷静ではいられなかっただろう。考えただけで怖気が生じる。

同時にまた、赤坂も赤坂を愛している人のために、もっと自分を大事にしてほしいと思わずにはいられなかった。少なくとも赤坂の父親は、息子である赤坂があんな形で命を落とすことになれば、胸を掻きむしって嘆くに違いない。佳人にはその気持ちがせつないくらいわかるから、赤坂を見捨てる気になれなかったのかもしれなかった。

「佳人」

遥がゆっくりと腰を引く。

佳人の中をみっしりと満たしていた遥の雄芯が抜けていく。穿たれているときには苦しくて哀願してしまうが、抜かれていくときは寂しくてたまらなくなり、なんとか引き留めようと後孔に力を入れて引き絞ってしまう。遥にはきっと貪婪《どんらん》だと思われていることだろう。

身を引いて離れた遥は佳人に向きを変えさせ、再び正面から抱いてきた。

足首に落ちて纏《まと》わりついていたズボンと下着を纏めて抜く。

そうして動いた拍子に、中に注ぎ込まれていたものが内股を伝い落ちてきた。

佳人は思わず眉を顰めて唇を嚙んだ。どんなに体は慣れて快感に喘ぐことを覚えても、この瞬間の恥ずかしさは初めてのときから変わらない。征服された証《あかし》をまざまざと感じさせられることに、本来の男としての性が動揺するのだろう。

「ちゃんと締めてないからだ」

気がついた遥が、色気の滲む声で大胆なことを囁いた。

「そ、……んな」

佳人は羞恥のあまり狼狽《ろうばい》し、ろくに言葉も出せなくなる。

こんなふうに、たまに遥はギョッとするようなことを突然言っては佳人を当惑させる。きっと困らせて翻弄するのが愉《たの》しいのだろう。

「おまえ、まだ全然足りてないだろう?」

遥はさらに佳人を辱《はずかし》めるようなセリフを吐く。そうやって佳人を揶揄《やゆ》しながらも、遥自身、切れ長の目を明らかな欲情で濡らしていた。

「足りないのは、遥さんでしょう……」

睫毛《まつげ》を伏せつつも負けん気を出して言い返した佳人に、遥は薄く笑いながら「この野郎」と悪態をついた。

「来い」

強く腕を引かれてベッドに連れていかれ、シーツの上に投げ出される。

小さくバウンドする体を、のし掛かってきた遥にすかさず押さえ込まれ、逃げられないように縫い止められた。どのみち佳人に逃げるつもりはなく、遥もそれを承知してのことだ。

二人はベッドに移動して、もう一度貪るような激しいキスから始めた。

熱く濃密な、舌と唇のまさぐり合いに、すぐに息が上がってくる。

「遥さん――！」

佳人は切羽詰まった声を出し、また硬さを取り戻してきた下腹を遥の腹に擦りつけた。

きっと今自分はとてつもなく淫らでいやらしい、誘うような顔をしているのだろう。想像しただけで恥ずかしく、体の熱がぐっと上昇する。ついさっき一度出して満たされたばかりなのに、もうまた新たな欲望が湧いてきていた。

佳人に煽られたのか、遥の前も次第にまた力を取り戻してくる。みるみるうちに硬くなり、手で握って確かめると、あまりの逞しさに、淫猥《いんわい》な痺れが背筋を駆け抜けた。

「欲しいか？」

上気して火照った頬を手の甲で撫でながら聞かれる。

遥の目には揶揄と期待が見えていた。

「はい」

とても強情を張る余裕はなくて、佳人は短いがこれ以上ないほど潔く答えた。

「力を抜け」

佳人の腰を抱え上げた遥が、一度目の行為で濡れそぼったままの秘部に、再び突き入ってくる。

今度は挿入するなり躊躇いなく抽挿《ちゅうそう》が開始された。

激しく、間断なく腰を揺すり立てられ、佳人は嬌声交じりの悲鳴を放つ。

いい。体の奥から次々と眩暈《めまい》がするような快感が湧き上がり、佳人は淫らに悶えた。

湿った粘膜が接合する淫靡《いんび》な音とベッドの軋みが、耳から官能を刺激する。遥の胸には汗が噴き出していて、馴染んだ匂いが鼻から官能を擽《くすぐ》った。瞑《つむ》っていた目を開けば、見ただけで動悸が治まらなくなるほど佳人を虜《とりこ》にしている遥の顔が、すぐ間近にある。まるで全身が快感を得るための媒体になったようだ。

遥は、奥まで濡れそぼって滑りのよい佳人の中を存分に堪能し、ときどき艶のある呻き声を洩らしては感じている表情を浮かべた。気持ちがよくて、いつ終わろうか迷うような未練がましい顔をする瞬間もある。佳人を抱いているときの遥は、普段の数倍饒舌だ。口はそれほど開かなくても、表情がとても豊かで、まるで喋っているように感じられる。

「よさそうな顔をしているぞ」

腰の動きは緩めないまま、遥がとびきり艶っぽい笑みを浮かべて言った。

かあっと全身が赤くなった気がした。

遥の綺麗な顔が近寄ってくる。焦って目を閉じようとしたが、鼻頭をぺろりとひと舐めされて不意を衝かれ、機会を逸してしまった。遥はたまに茶目っ気のあることをする。

「遥さん」

佳人は少しだけ甘えさせてもらいたい気持ちになり、遥の首に両腕を回し、引き寄せた。

「どうした？」

普段よりぐんと優しい声が心地よく耳朶を打つ。

「もういきたい……」

「なら、おまえが上になって動け」

佳人ははにかみながら仰向けに寝た遥の胴を跨《また》ぎ、騎乗位で屹立を含み直した。

体重がかかる分より深く受け入れることになるため、佳人は「くっ」と苦悶の呻き声を上げた。きついが、より遥を感じられるのでこの形は嫌いではない。

ゆっくりと腰を前後左右に揺すってじわじわとした快感を堪能し、慣れてきたところで上下に抜き差しさせて粘膜を強く擦って得る悦楽にも身を任せた。果たしてこんな生ぬるいやり方で遥を満足させられるのかどうか自信がなかったが、遥は何も言わない。ただ、ときどき充足感に満ちた息をついたり、快感に歪んだ表情を見せるので、快楽を得てはいるようだ。

瞳を閉じている遥の顔をじっと見つめながら腰を動かしていると、ふっと遥が瞼を開けた。佳人の視線があからさますぎて、心地悪くなったのかもしれない。

遥は佳人の折り曲げた太股や膝頭に手のひらを這わせ、撫でた。

些細な愛撫にも佳人の体は敏感に反応する。遥に触れられた途端、体に電気を流されたような刺激を感じ、中に迎えていた遥を思い切り引き絞った。締めつけがきつすぎたのか、遥が眉を寄せ、息を詰めた。慌てて力を抜く。

そこですかさず遥が下から腰を突き上げてきたので、今度は佳人が呻かされた。

遥の責めは的確だ。佳人が感じる部分を間違いなく狙い、外さない。

立て続けに下から鋭く責められて、佳人はあられもない嬌声を放ち、顎を仰け反らせて上体を弓形にした。

「ああ。あ……遥さん！」

感じる。感じすぎて息苦しいくらい心臓が波打ち、呼吸が乱れる。

髪を乱すほどの勢いで頭を振りながら、勘弁してください、と何回も訴えた。もういきたい、いきたい、と半分泣いて哀願する。早く楽になりたいばかりに、自分でも夢中で腰を使い、遥を極めさせようと努力した。

遥の顔が快感に歪む。

押し殺した喘ぎを洩らして悦楽に堪える遥の顔は絶品だ。佳人は見るたびに異様なくらいの昂奮を覚え、もしかすると倒錯的なのかもしれない快感に浸される。

「佳人」

達したあと、遥は佳人の腕を引いてもう一度自分の体の下に敷き込み、熱に浮かされたように何度も唇を合わせてきた。

啄《ついば》むようなキスを繰り返す傍ら、佳人の前を愛撫する。

巧みな手淫に佳人は瞬くうちに悦楽の坂を追い上げられ、全身を痙攣《けいれん》させながら吐精した。

呼吸を乱してわななく唇を、遥が宥めるように自分の唇を触れさせて撫でる。佳人は心地よさにうっとりとした。ぶっきらぼうで、そっけない態度ばかり取る遥が、こんなふうに優しく慈しみに溢れた仕草で佳人をとろけそうな気分にさせてくれようとは、驚くばかりだ。遥はときどき、ベッドの中でだけ佳人に普段とはまるで違う一面を見せる。特に最近は、その頻度が上がっていた。

最後にちょっとだけ舌を絡ませるキスをして、遥は佳人の上から体を避けた。

スプリングが軽く軋む。

遥はサイドチェストに腕を伸ばし、ティッシュペーパーを取った。ぐったりと体を弛緩《しかん》させた佳人の太股を開かせ、濡れた秘部の汚れを拭い取る。筒の奥にまで人差し指を入れ、残滓《ざんし》を掻き出してくれるほどの甲斐甲斐しい世話焼きぶりを見せてくれ、佳人は羞恥のあまり枕に顔をきつく押しつけた。感じさせられすぎて腕を持ち上げるのも億劫になっていた佳人には、遥の些細な心遣いが嬉しく、ありがたかったが、やはり恥ずかしさは消えない。

後始末を終えると、遥は毛布を肩まで引き上げてくれた。

二人並んで寝るのはいつものとおりだ。

やがて羞恥心を薄れさせた佳人は、体を左向きにして横臥《おうが》し、遥の方を向いた。

「今夜、ここに泊まるんですか?」

「そのほうがいいだろう」

遥は真上、天井を見ている。先ほどまでとは打って変わった愛想のなさだ。それでも佳人はそんなに気にしなかった。むしろこのほうが遥らしい。

「今日は本当にありがとうございました」

どうしてももう一度きちんとお礼を言いたかったので、佳人は丁寧に気持ちを伝えた。もしかすると「しつこいぞ」などと叱られるかもしれないと思っていたが、遥は口を閉ざしたまま微かに顎を引き、わかっている、という反応をしただけだった。

ぽつりぽつりと途切れがちになる会話の隙間を埋める沈黙は、穏やかで優しく、春の霧雨のような心地よさがある。

体の奥には愛された証として疼痛《とうつう》が燻っていて、その鈍い痛みも佳人を幸せな気持ちにする。

佳人はそっと遥の頑健な肩に手のひらを添わせた。

遥が首を捻り、顔を横に倒し、佳人と視線を合わせてきた。

好き、という言葉が喉まで出かけたが、面と向かうとどうしても素直に口に出せない。よほどなにか切迫した状況にでもならない限り、佳人には照れが先に立って言えなかった。いつもこうだ。だが、今さら言葉など特に必要としない関係がすでにできている気もするから、無理をする必要はないのかもしれない。

「明日は早い」

遥はぼそりと言って、佳人が遥の右肩に添えていた手を取ると、毛布の中に連れ込んだ。

「もう寝ろ」

「はい。おやすみなさい、遥さん」

「……」

遥からは返事はなかったが、佳人の右手を摑んだままだった遥の左手が、きゅっと一度、力を入れて握りしめてきた。どうやらそれが、この場における遥のおやすみの挨拶のようだった。

「それで結局、海上保安庁からの呼び出しはなかったのか？」

「ええ。赤坂がどう事情を説明したのかは知りませんが、俺たちにあらためて聞くことはなかったみたいですね」

「そいつは面倒がなくて幸いだったな」

「助かりましたよ。俺もそうそう体が自由になる身じゃないですからね」

東原の運転する車はカーブが続く山道を、スピードを緩めることなく快走していた。一昨日山の中に置きっぱなしにしてきた、遥のポルシェ・ボクスターだ。自分の車の助手席に座る機会はめったにない。まして、東原とこうして二人で前に並ぶのは、初めてだった。

開けっ放しの窓から吹き込む風が気持ちいい。

髪を風に弄《もてあそ》ばせながら、遥は車窓の風景を眺めていた。遠方に海岸線が見える。白い波が立つ群青色の海と黒い岩、そして深緑の松林。こうして見ている分にはなんの変哲もない景色だが、一昨日あそこで人が一人死にかけていたのだ。なんだか信じられない。

「しかし、おまえさんもとことん奇特な男だな、遥」

東原が冷やかしに満ちた視線を投げてくる。

「自分にはこれっぽっちも関わりのない男を助けるために、半日分の仕事を擲《なげう》ってあんな辺鄙《へんぴ》な場所まで出掛けるとはよ」

「乗りかかった船みたいなもんですか。曲がりなりにも一日は付き合いのあった男ですからね」

「ははぁ。だが本音はそっちじゃなくて、佳人が一人でやきもきしているのを見てられなかったからなんだろ」

「……どうですかね」

あっさり言い当てられた遥は、極力感情を表さない声音で東原の言葉を受け流す。

東原はニヤニヤしていた。

「どうですかねじゃねぇだろ。わざわざあんな山の上からこの車を取ってきてやった俺に、もう少し腹を割った答え方はできねぇのかい」

「あ、いや……」

遥は軽く咳払いして居ずまいを正す。車のことを持ち出されると弱い。おそらく東原は、遥から執拗に赤坂のことを聞かれた時点で、おおよそこういった展開になることを見越していたのだろう。このままおとなしく傍観者の立場でいはしないと踏んだのだ。その上で素知らぬ振りをして、海岸へ下りる道筋まで示唆《しさ》してくれたのである。そうすると、海岸まで行くのはともかく、大男の赤坂を抱えて道らしい道もない山を上って引き返すのは無理だ。普通に考えて、帰りは海からということになる。そこで、当面置き去りにされるしかなかったであろう車を、子分を使って回収してくれたのだ。巡視船に乗っていたとき東原から携帯に連絡を受け、鍵はどこだと聞かれた。黒澤運送の事務所にスペアキーを置いてきて正解だった。

「感謝してます。本当にありがとうございました、辰雄さん」

「ふん、まぁいいさ」

東原はめったなことでは遥に対して本気で怒ったり気を悪くしたりしない。どこがどう東原のお眼鏡に適《かな》っているのか、正直遥自身よくわからないのだが、東原が遥を特別な位置に据えて大事にしてくれているのは紛れもない事実だ。おかげで遥は何度助けられたかしれない。

遥が個人で所有している車は、このポルシェ・ボクスターとマセラティの二台だ。マセラティのほうはセダンなので、実はあまり乗らない。どうせ乗るなら飛ばせる車が遥は好きだ。

「しかし、俺も久しぶりだぜ」

東原はステアリングを軽く叩いて感慨深げに言った。

いつも東原は、お抱え運転手付きの車で移動している。自分で運転する機会などまずなさそうだ。川口組若頭の身に万一があれば大騒動である。武闘派と穏健派が常に睨み合っている川口組内部だが、ここ二、三年あまり両者の間で微妙なバランスが保たれているのは、ひとえに東原が睨みを利かせているからだという。遥のところにちょくちょくやってきては、クロサワグループは川口組の企業舎弟じゃないのかとしつこく食い下がる警視庁四課の刑事たちから、以前ちらりと聞いた話だ。すごい男なのだろうとは前々から漠然と感じていたものの、それを知って以来、本気ですごいのだというふうに認識を改めた。

そんな男だから、こうして組員でもない遥と一緒にふらふら出歩き、普段はしない車の運転などするのは、尋常でないことだ。陰で見守るボディガードたちは気が気でないだろう。

ポルシェを引き取ってきてもらってから二日間、車は東原に預けていた。仕事の都合がつかず、受け取りに行く暇がなかったのだ。

「おまえさんも自分で運転したのは久しぶりだったんじゃねぇのか?」

「そうですね。俺も仕事絡みの外出には社用車を使ってばかりだし、たまに遠出することになっても、あいつに車を出させることが多いですからね。あの日この車が黒澤運送にあったのは、まったくの偶然ですよ。午前中に一年点検から戻ってきたばかりだったんで」

「世の中、得てしてそんなもんだろう。車があろうとなかろうと、結局おまえさんは佳人を放っておけなかったに違いないとは思うがな」

「かもしれません」

今度は遥もあっさり認めた。

東原が意味ありげな目つきになり、癪だぜ、というように軽く舌打ちする。皮膚の硬そうな頬は機嫌よさそうに緩んでいた。

せっかくだから車を返す前におまえとドライブしたい、そう東原に言われ、もちろん遥は快諾した。東原とは妙に馬が合う。プライベートな人付き合いが苦手な遥にとっては、一緒にいても自然体でいられる希有《けう》な存在だ。佳人といるのとは違う安心感と慣れがある。

遥としては、きちんと一日体を空けて付き合うつもりでいたのだが、東原がそんな必要はないと断った。車を出す用事があれば、そのついでいいと言うのだ。目的地まで運転したら、東原はポルシェを遥に返して迎えの車に乗り換え、東京に戻る。ドライブと言いながら、実際には遥を車ごと送ってくれているようなものだ。東原も存外酔狂な男である。

車は荒岩湾方面へ向かって走っている。

ウイークデーの幹線道路は相変わらず渋滞がちだったが、都市部を離れると流れはスムーズになった。梅雨入り前最後の晴天、と今朝のニュースで言っていたとおり、空は爽快に晴れ渡っている。ドライブするにはうってつけだった。

「なんにしても、夢見の悪いことにならずにすんでよかったな」

東原の言葉に遥はちょっと複雑な気持ちになりながらも頷いた。本来の東原の立場的には、遥たちが赤坂を救った行為は諸手《もろて》を挙げて喜べるものではないはずだ。いくら香西組傘下内での騒動とはいえ、本家の東原がまったく無関係の他人事と知らん顔を決め込むわけにもいかなかっただろう。それでも、あくまでも遥に対しては内情を棚に上げ、気持ちを汲んだ発言をしてすませるのが東原の剛毅《ごうき》なところだ。

「長田穣治《じょうじ》は逃げたままですか？」

遥が思い出して聞くと、東原は顔を顰め、苦々しげに「今のところはな」と答えた。

「ま、いずれ見つけ出されてオトシマエをつけさせられるだろう。香西は裏切り者を許さない男だからな」

そこでいったん言葉を切り、ジロッと遥を横目で見やる。

「なんのかんのと言いながら香西が許したのは佳人くらいのもんだ。佳人は運がよかったな」

「いや」

遥はゆっくりと首を振る。

「もちろん佳人も運がよかったんでしょうが、それ以上に幸運だったのは、たぶん俺のほうです」

「おまえさんにそこまで言わせる佳人が本気で羨ましいぜ。仲のいいこって」

「……勘弁してください。辰雄さんこそ、もうそろそろ執行をどうにかしてやったほうがいいんじゃないですか」

クルーザーの上でも出した話題を、遥はまた繰り返す。人のことにお節介を焼く気はないのだが、貴史と東原の曖昧《あいまい》な仲に関してだけは、さすがの遥も端で見ていてなんとなく心地の悪い、すっきりしない気分を味わっている。それでついなにかにつけて気にかけてしまうのだ。

「そのうち、な」

東原はその一言で終わらせてしまった。いつもどおりだ。

峠を越えて山を下りると、荒岩湾近郊の町に出た。

「なんて病院だっけな、遥？」

「荒川《あらかわ》総合病院です。市役所の傍ですからすぐわかります」

遥の言うとおり、東原は道路に掲げられている行き先案内図で市役所の方向に走り、迷うことなく赤坂が入院している病院に着いた。

駐車場に車を駐める。

「ああ、久々で楽しかったぜ」

運転席から降りた東原は、ぐうっと大きく伸びをして、満足そうな声を出した。

遥は車のフロントを回って東原の傍に行く。

東原は遥の胸をぽんとノックするように軽く叩くと、唇の端を吊り上げて小気味よさげに笑った。

「それじゃ、またな、遥」

「ありがとうございました」

「なに、礼を言うのはこっちのほうだ。俺の気まぐれに付き合わせて悪かったな」

「こういう気まぐれならいつでもお付き合いしますよ」

「ふん。言ったな。その言葉、忘れるなよ」

忘れませんよ、と遥は請け合った。

駐車場の入り口から、真っ黒なダイムラーが静かに入ってくるのが目の隅に映る。東原を迎えにきた車だ。ダイムラーは空いていた駐車スペースに停まった。東原が遥と立ち話をしているので、合図があるまで待機するのだろう。

「佳人にもよろしくな」

「わかりました」

「ああ、そうだ、もう二度とあんな濃い茶はいらんと伝えてくれ」

「あれは本当にすみませんでした」

ごたごたしていたせいで東原に詫びるのをすっかり失念していた遥は、自分の不始末同様に恐縮し、頭を下げた。平常の佳人からは考えられない失態だ。それだけ佳人の動揺の激しさを物語っていて、遥はますます放っておけない気持ちになったのである。

「今度、佳人からも謝らせます」

「いらねぇよ。ばか。こいつは一種の冗談だ」

東原が意地の悪い目つきで笑う。

「おかげでこっちもあのあとおいしい思いをした。佳人にはむしろ礼でも言いたいくらいだ」

なんのことかはわからなかったが、とりあえず遥は東原の「冗談だ」という言葉をありがたく受け取らせてもらうことにした。

「じゃあな」

東原はズボンのポケットに両手を突っ込み、その場でターンして体の向きを変えると、肩で風を切るような颯爽《さっそう》とした足取りで遥から離れていった。

ほとんど同時にダイムラーが動きだし、車体の向きを素早く変えて東原を出迎えた。

助手席から降りてきたのは、痩せてはいるが異様に目つきの鋭い四十代の男だ。黒いスーツを着こなしている。身のこなしひとつ見ただけでも、ただ者ではないことが察せられた。

遥が見ている前で東原はダイムラーの後部座席に乗り込んだ。

東原を乗せると、車はすぐに走り出す。

遥は車の姿が視界から消えるまで見送った。

スーツの袖をずらして腕時計を確かめる。続いて、病院の正面玄関前の車寄せに視線を向けた。そろそろだろう、とあたりをつけて来たものの、約束したわけではないからはっきりした時間はわからない。せっかく平日に休暇を取るような贅沢《ぜいたく》なことをしたのに、我ながら欲のないことだと心中で苦笑した。

それにしても、天気がいい。誰かを待つには悪くない天候だ。

遥はポルシェの運転席側のドアに凭れ、そよ風に吹かれながら待った。

待つのは本来嫌いだが、こういう場合はまんざらでもない。場合によっては、辛抱強く、気が長くなれるものだと自分でも感心する。待つ間に、顔を合わせた瞬間の相手の表情を想像していると、それだけで気持ちが浮き立ってきて、時間の経つのが早く感じられる。苛立ちはいっさい湧いてこなかった。

駐車場内には結構頻繁に車の出入りがあった。患者や見舞い客を乗せた車が出たり入ったりを繰り返す。

皆一様に遥を見ると不審そうな眼差しを向けたが、遥はまったく気にしなかった。車内でシートに座っているより、こうして立って風に吹かれているほうが落ち着く。なにより、車に乗っていると玄関から出てきた相手に、気づかれない心配がある。

駐車場に面した病棟の一角に、急患専用の出入り口が設《もう》けられているのだが、そのドアの前に看護師が三名、緊張した面持ちでたむろし始めた。遥がそれに気づいたとき、道路側からサイレンを鳴らした救急車が近づいてくる音が聞こえてきて、間もなくその出入り口の前に横づけされた。中からストレッチャーが下ろされ、スタッフが慌ただしく動く。

緊迫感に包まれた様子に注意を向けていた遥は、待ち人が遠慮がちな足取りで近づいてきているのに気づくのが遅れた。

「……遥さん？」

佳人が、目を見開いた信じ難そうな表情で、遥の傍に来る。

遥は「ああ」と、いつものようにそっけない声と態度で佳人を迎えた。


事件から二日後の金曜、佳人は荒川総合病院に赤坂を見舞うため、午前中に家を出た。

昨夜、遥から「行かなくていいのか」とぼそりと言われ、佳人は驚いた。遥には佳人の心が読めるのだろうか。自分から切り出しかねていた佳人の気持ちはたちまち晴れて軽くなり、遥への感謝でいっぱいになった。金曜のスケジュールは珍しくゆとりがあり、遥は一日中黒澤運送の事務所に詰めている予定だ。もしかすると、午後からだけでも外出させてもらえはしないだろうかと思いはしていたものの、仕事をないがしろにするようで躊躇われ、夜が来ても言えないでいた。そこに遥から言葉をかけられたのだ。遥の心遣いが本当に嬉しかった。

病院の面会時間は午前十一時から午後一時までと、午後三時から午後七時までの二回だ。

佳人は早い時間に赤坂を訪ねることにした。電話して病院に問い合わせたところ、赤坂は金曜の夕方に退院すると決まっていた。退院前にちょっと会って、容態を確かめてくるだけでいい。このまま知らん顔をしておくのは気が引ける。ここまで関わったからには、最後まできちんとしておきたかった。

遥を中村《なかむら》の運転する車に乗せ、見送ってから出掛けるつもりだったが、朝食の席で新聞を広げた遥に「俺のことはいいから、さっさと行け」と促され、後ろ髪を引かれる気持ちになりつつも、甘えさせてもらった。

地下鉄とJRを乗り継いで、荒川総合病院のある町に出掛ける。駅に着いて最初に見かけた花屋で、ガーベラを中心にした明るい色合いの花束を作ってもらった。

病院に着いたのは、ちょうど十一時だった。

受付で赤坂寿修《としのぶ》の病室を聞き、清潔だがどこかよそよそしさを感じる廊下を歩いていく。歩きながら、きっとまた嫌味を言われるんだろうなと思った。帰れ、と怒鳴られるかもしれない。たぶん、赤坂は佳人に会いたくないに違いない。正直、佳人も喜び勇んで足を運んできたわけではなかった。それでも一度は来ずにいられなかったのは、佳人の性分だ。

教えられた病室はベッドが八台並ぶ大部屋で、赤坂のネームプレートはドアのすぐ左手の位置にあった。開け放たれたままのドアから室内を覗くと、ベッドの上で上体を起こしている赤坂とさっそく目が合う。

「おまえ……」

赤坂が目を丸くする。よもや佳人が今日来るとは思いもしていなかった様子だ。

佳人は病室内に向かって「お邪魔します」と断ってから、ドアを潜った。同室の入院患者はほとんどが六十、七十の老人だ。若いのは赤坂くらいだった。そのうちの三人には付き添いの家族がいて世話を焼いている。見舞客はまだ誰もいなかった。これから訪れるのだろう。室内の空気は和やかで、お年寄り同士が会話する声がときどきするくらいだった。

赤坂のベッド際に歩み寄る。

「今日退院すると聞いたから、ちょっとだけ容態を見に来た」

花束を差し出しながら低めた声で言うと、赤坂は不機嫌な顔をしてそっぽを向いた。花束には手を伸ばさない。

「俺を笑いに来たのかよ」

「そんなつもりはない」

けっ、と赤坂はますます苦々しげな表情をした。顎骨の張った四角い顔が僅かに赤らむ。憤《いきどお》りとバツの悪さからなのか、佳人を見ようとはしない。

こうなることは予想していた。はじめから歓迎されるはずがないと諦めていたので、佳人はそれほど傷つかなかった。

持ってきた花束をサイドチェストの上に置く。チェストの上には昨日発売の週刊誌とポータブルＤＶＤデッキが載っている。ＤＶＤデッキを見た佳人は、誰か見舞いに来たのだなと思った。夕方退院するのも、迎えに来る人の都合なのかもしれない。

「とにかく、元気そうでよかったよ」

佳人の言葉に、入院患者用の上っ張りを着た赤坂の頑健な肩がひと揺れする。

じわじわと、ひどくゆっくりした動作で、赤坂が背けていた顔を戻し、上目遣いに佳人の顔を見てきた。赤坂と目を合わせた佳人は、赤坂は照れくさがってわざと憎まれ口を叩いているだけなのだと気がついた。なんだ、と気持ちが楽になる。

態度は喧嘩腰だが、その実赤坂は、佳人に助けてもらった礼を言うタイミングを探しているようだった。

「せっかくだから、少し座ってもいいか？」

赤坂はむっつりと口を噤《つぐ》んだままうんともすんとも返事をしなかったが、佳人は勝手にベッドの下に押し込まれていた丸椅子を引き出し、腰掛けた。赤坂の浅黒く焼けた頬の肉が引き攣《つ》ったが、帰れ、と追い払わないところからすると、佳人が居座ることを迷惑がったり嫌悪したりしてはいないようだ。佳人にも赤坂と対するときのコツが少しずつ摑めてきた。

「体、もうなんともないのか？」

佳人は穏やかな眼差しで赤坂の仏頂面を見守った。

分厚い唇がピク、と動く。唇の端には殴られたときついたのだろう青紫色の痣と、切り傷がある。見ているだけで痛そうだ。青痣は頬骨のあたりやこめかみにもあった。入院着の下にはもっとたくさんこういった傷があるに違いない。一昨日は海から救うだけで精一杯で、こういう怪我にまでは気が回らなかったが、あらためて顔を合わせると、ひどく心配になった。

「なんでもない。このくらい」

ボソッとした声で赤坂がようやく答えた。腑甲斐《ふがい》ない自分自身を嫌っているような、内に向けた忌々しさが出た口調で、嘲《あざけ》るように言う。

「俺としたことが……最後の最後にしくじっちまったぜ」

声に出して喋ったことで怒りと悔しさがぶり返してきたのか、それまで消沈した印象だった赤坂の目が急にきつくなった。

「だがな！」

声にも勢いが戻る。

赤坂は凄んで佳人を睨みつけてきた。

「途中まではすべてうまくいってたんだ。知り合いの通販会社に協力してもらって、羽振りのいい社長という設定で長田に俺を金づるだと思わせ、うまく懐に入り込めたまでは完璧だった。さりげなくヤクの話をちらつかせ、できれば裏サイトで極秘に扱いたいが肝心のモノがないとか言ってちびちび操っていたら、だんだんその気になってきて、今度俺が興味を示すブツが手に入るかもしれん、と耳打ちしてきやがった。そんなところにまでこぎ着けてたんだ。けちがつきだしたのは、久保、おまえと船で会ってからだぞ！　香西のやつ、どうも俺をきな臭いと感じやがったようだ。子分に俺を調べさせてやがった。俺がこんな目に遭ったのは、おまえのせいだ」

「赤坂」

一方的な言いがかりに、佳人は絶句した。頭の中が真っ白になる。あまりにも理不尽すぎて、怒りすら湧いてこなかった。

「いつだってこうだ」

赤坂は憎らしくてたまらなさそうに顔を歪ませた。

「おまえは昔からいけ好かないやつだった。頭はいいし顔もいい。スポーツだってこなすし、人望もある。しかも、家に帰ればお手伝いさんがいるようなお坊ちゃんだ。おまえの周りはいつも賑《にぎ》やかで、教師も一目置いていた。なんだってこいつばかり、と腹立たしかったぜ。俺だって勉強はできた。死に物狂いで勉強した上で保っていた成績だったがな。スポーツはむしろおまえより得意だったはずだ。あの頃は親父もしっかりしていて、うちは近隣でも有名な豪邸だった。なにひとつ劣るところはなかったのに、いつも俺はおまえに敗北感を味わわされ続けてきていたんだ。この悔しさが想像できるか？」

「……想像はできるが、なぜそんなふうに感じないといけなかったのかは、おれにはわからない」

佳人は正直に返事をした。

「飄々《ひょうひょう》とした澄まし顔で、努力なしでなんでもこなせたやつにはわからないだろうよ」

「それは違う」

「なにが違うんだ」

「おれだってコンプレックスは持っていた」

「嘘をつくな！」

「嘘じゃない！」

二人は真っ向から睨み合い、互いに一歩も退かぬ気負いを見せた。

こうなると佳人も簡単には譲れない気持ちになる。赤坂の言葉は佳人にとってことごとく不本意で、とうてい許容できないものだった。佳人はきっぱりとした口調で続ける。

「嘘じゃない。今となっては思い出せもしない些末なことばかりだった記憶しか残っていないが、とにかく、常に不足や不安を感じて焦れていた。なにもしないで成績がよかったなんて、それは赤坂の勝手な思い込みだ。おれだって試験前は必死だった。皆となにも違わない。家のことはおれ自身とは別のことだから、持ち出されても返事のしようがない」

赤坂は猜疑《さいぎ》に満ちた目を佳人に当てたまま黙っている。

「今度のことだって……」

一瞬佳人は躊躇ったが、すぐにそれを振り払い、この場で言いたいことを言う決心をした。言わなければ伝わらないと思ったら、たとえ自分自身が嫌な気分になったとしても、言ったほうがいい気がした。

「はっきり言わせてもらえば、赤坂は自分勝手だ」

「なんだと」

赤坂は周囲を憚《はばか》りながらも語気を荒くした。

「仕事という意識があったなら、手柄のことよりまず麻薬の流通を絶対に止めるんだということを考えたはずだ。一人で動くより仲間と協力して事に当たったほうが摘発の成功率は上がる。でも赤坂は、功を焦って、我が身可愛さにせっかくの機会を逸したんだ。もし赤坂が最初からチームで動き、ベテラン取締官の意見にも耳を傾けていたら、こんなことにはならなかったかもしれない。家族だって、きっと心配して気を揉まずにすんだんじゃないのか」

「わかったふうなことばかり言いやがって。おまえに何がわかる」

「家族の気持ちだ。おれにもそれだけはわかる」

「俺の家族なんか知りもしないくせに」

次第に赤坂の声は怒りを薄れさせていく。視線がチェストの上に流れた。花束の下の週刊誌とDVDデッキを確かめたようだ。

「おれも、心配した。うちの社長もだ。社長こそ赤坂とはクルージングで一緒になったというだけの縁で、六月の海に全身浸かって赤坂を洞窟から助けたんだ。人として、せめて社長には感謝してほしい。言葉はいらないから、胸の中でだけでもそうしてくれたら、おれも助かる」

佳人の真摯な言葉は、少しずつ少しずつ赤坂の頑《かたく》なだった気持ちを揺り動かしているようだった。険しかった赤坂の表情に困惑と躊躇いがちらつき出す。赤坂にもわかっているのだ。自分がどれほどばかなことをしたのか。どれだけ周囲に迷惑をかけたのか。嫌になるほど承知しているのに、普段の傲慢《ごうまん》で横柄《おうへい》な自分の姿が脳裏にあって、今さら素直に頭を下げることができず、ずるずると憎まれ口ばかり叩いているのに違いなかった。

「誰かに感謝したり謝ったりすることは、決して恥ずかしいことじゃないと思う」

心を込めて、佳人は言った。

それでも赤坂はまだしばらく胸の中で逡巡し、どんな顔、どんな態度を取るか悩んでいるようだった。

佳人もひとまず口を噤み、赤坂の動向を静かに見守った。

病室内は入ってきたとき同様、穏やかな雰囲気のままだ。赤坂と佳人が不穏な会話を交わしていたことに気づいた者はいないようだ。佳人が来たあとから訪ねてきた見舞い客が、一人増えていた。向かいの列の窓際に寝ている老婆のところにいる。

「……悪かったよ」

やがて、押し殺したようなぼそぼそとした声が赤坂の口から洩らされた。

そのたった一言だけで、佳人は今日の来訪が報われた気がした。一昨日の苦労も、全部帳消しになったようだ。沈んでいた気持ちがあっというまに明るくなり、表情にもそれが出た。頬が緩むのを抑えられない。

「お、おまえんとこの社長には、俺が感謝して詫びてたって伝えてくれ。日をあらためてうちのが挨拶しに行こうと言っていたから近々行くが、その前に、おまえの口から言っておいてくれたら助かる」

「赤坂、結婚してたのか？」

初めて赤坂の口から妻がいることを匂わされ、佳人は意外さを隠せず聞いた。よく考えれば、自分も赤坂もとうに結婚していていい歳だ。だが、佳人は結婚という観念を日頃まったく持ち合わせていないため、なかなかそっちに頭が働かない。

悪いか、と棘々しい口調で返される。ぶすっとした顔つきの上に、ほのかな赤味が浮いてきた。照れくさくてわざと怒ってみせているのだ。

「おまえだって、あの社長としてんだろうが」

さらにそんなふうにまで言われ、今度は佳人が動揺する番だった。否定はできないが、遥との関係を結婚に喩《たと》えられるとは思いもしておらず、さらりと聞き流すことができなかった。この場に遥がいなくてよかったと思う。もしいたら、二人はしばらくの間お互いに意識しすぎて、ぎくしゃくとしたぎこちない態度を取り合ったことだろう。

「昨日一日、パートを休んでつきっきりで看病してくれた」

気まずくなりかけていた空気を払うように、赤坂が言葉を継ぐ。

「ああ、こいつ、心配したんだなと思ったよ。その前の晩から長田にとっ捕まって連絡できなかったからな。一度は必死で逃げ出したが、そのときもなぜか頭にあったのはおまえに助けてくれって言うことだけだった。香西や、あの怖そうな東原とまで気負わず話をしていたおまえの姿が頭に焼きついていて、おまえなら、と藁《わら》にも縋る心境だったんだろうな。警察って頭は本当になかった。おかしなもんだぜ」

おまえのこと、大っ嫌いなはずなのにな。赤坂は自嘲《じちょう》気味にそう言い添えた。

佳人は口元を緩めたまま、赤坂の言葉に耳を傾けていた。何を言われても怒りは感じない。赤坂が素直になっていること自体に感動していた。

「たぶん、俺は見栄っ張りで俗っぽい、欲深な男だ。これから先も手柄や金のことを考えずにあくせく働くような殊勝《しゅしょう》なまねはできっこない。だが、泣き腫らしていつも以上にブサイクな顔になってるうちのを見ていたら――もう、今回みたいな無謀をするのだけはやめようと、実は、そう思ったさ。おまえにも、嫌だが一言礼を言うべきなんだろうって、思ってはいたんだ。もちろん、おまえんとこの社長にもな」

ポツポツとした口調で胸の内を明かす赤坂は、今まで佳人が知らなかった表情を見せていた。

プライドの高い傲慢そうな顔はそのままでも、そこに他人のことを考える思いやりと、自分のしたことを心から恥じる反省の色とが確かに見える。

今までさんざん嫌味や暴言を吐かれてきたが、佳人はそれを全部頭から払い、赤坂にこれまで以上に率直な友情を芽生えさせた。

「社長には、ちゃんと伝えておく」

「頼んだぜ」

「ありがとう、赤坂」

佳人が礼を言うと、赤坂は眉を顰めた。

「なんでおまえが俺にそんなこと言うんだ」

「言いたかったんだ」

それが本当だったので、佳人はそのまま答える。

赤坂が憮然としたまま黙り込む。

佳人は頃合いだと感じて椅子を立った。

「帰るのか？」

「ああ。今から帰れば午後の仕事に間に合う。社長を一人にしておくと、何時間でも飲まず食わずで働くから、心配なんだ」

「は。のろけやがって！」

赤坂は忌々しげに顔を背けた。

「帰れ。さっさと帰んな」

「よかったら、また携帯に連絡してくれ」

それを最後の挨拶にして、佳人は病室を出た。赤坂からはなんの答えもなかったが、たぶんそのうち電話してくるだろう。かなり確かな予感がした。

来たときと比べ、帰りは足が軽い。

やっぱり会ってよかった。話ができてよかった。心の底からそう感じ、佳人の気分は浮き立っていた。

きっとこのことを話せば、遥も佳人の気持ちを汲んで一緒に喜んでくれるだろう。口や態度には出さなくても、心の中でよかったなと言ってくれるに違いない。

佳人は早く遥に会いたくてしょうがなくなってきた。

ずっと肩の上にのし掛かっていた心配事が、やっと綺麗に片づいたのだ。もう赤坂は、彼自身言っていたとおり、無茶な先走り行為は控えるだろう。奥さんを泣かせることがないように、堅実に働くことを考えるはずだ。佳人には人の生き方をとやかくいう権利はないし、そんなつもりもないのだが、できれば誰の身にも哀しいことや辛いことが起きなければいいと願っているので、そのための努力はしてほしいと思う。もちろん、自分を含めてだ。

これからすぐ戻れば、二時過ぎには黒澤運送に着く。

佳人の気は急いた。

外来受付のある混雑したロビーを通り抜け、正面玄関を出る。

そのとき、救急車が入ってくるサイレンの音がして、ちょうど自動ドアを出たばかりだった佳人の視線は、それを追いかけ右に動く。意味などまったくない、自然な反応だった。

右手には一般用の駐車場が広がっていた。

駐車場の奥に入っていく救急車を見ていた佳人の瞳に、見慣れた長身のスーツ姿が飛び込んできたのはそのときだ。

あまりにも予期しない姿を見つけ、佳人はしばらく口を開きっ放しにして呆然となった。

まさか。だって、そんな。あり得ない。

あれは幻覚で、近づくと見間違いだということがわかるのではないか。

そんな気持ちで佳人は一歩ずつ近づいていった。

長身の男が凭れかかっているのは、ポルシェ・ボクスターだ。間違いない。遥だった。

遥はまだ佳人に気がつかない。入ってきた救急車に気を取られ、そっちを見ている。

しかし、やがて、ふっと視線を感じたようにこちらを振り向いた。

視線が絡む。

「……遥さん？」

「ああ」

遥が淡々とした感情の籠《こ》もらない声で答えた。

佳人の胸に熱い喜びと嬉しさが込み上げてくる。わざわざ、迎えに来てくれたのだ。信じられない。遥が、仕事をせずに佳人に付き合うとは。

「ついでがあってこっちに来たから、寄ってみた」

遥はあくまでもぶっきらぼうだった。ついでなどあるはずがない。知っていたが、佳人は「はい」と頷いた。

「どうする。せっかくこんなとこまで来ているんだ。天気もいいし、漁港にでも行ってイカの丸焼きでも食うか？」

続けてそう提案され、佳人はますます目を瞠る。

「遥さん」

こくり、と佳人は唾を飲み込んだ。嬉しさが大きすぎて、スムーズに声が出ない。

「なんだ？」

嫌ならいいんだぞ、と遥の目が怒ったように細くなる。実際のところは、怒っているのではなくて、気恥ずかしさをごまかすため、そんな顔をしているだけだろう。

それはデートの誘いですか——佳人はそう聞いてみたかったのだが、喉元まで来ているのにどうしても言葉にできなかった。

仕方なく、代わりにとびきりの笑顔を向ける。

遥の顔にもうっすらとした笑みが浮かんだ。
乗れ、と遥が顎で助手席を示す。
佳人は眩《まぶ》しげに遥を見つめ、「はい」としっかり返事をした。

口直し

玄関のインターホンが立て続けに二度鳴った。

せっかちな客だな、と貴史《たかふみ》は顔を顰《しか》める。たいていの来客は、まず一度鳴らして待つものだ。そして二十秒くらい待っても応答がなければ二度目を鳴らす。皆が皆インターホンの傍《そば》で待機しているわけではないのだから、それは常識だ。

この落ち着きのなさは、アポなしの飛び込み客だろうか。

貴史は二年近く前にそれまでお世話になっていた弁護士事務所を辞め、独り立ちした。独り立ちと言えば聞こえはいいが、特に事務所を構えているわけではなく、自宅の一部を事業用にして、主に口コミによる依頼を受けている程度だ。離婚調停などの民事が多い。また、川口組《かわぐちぐみ》の若頭に頼まれれば、組関係で起きた訴訟の弁護を引き受けることもあった。

こんな時間にアポなしの訪問者が持ち込んでくる案件など扱うのはごめんだ。きっとろくな内容ではないだろう。それが貴史の偽らざる心境だったが、とりあえずインターホンには出ることにした。出ないと、出るまでうるさく鳴らされそうな勢いを感じたからだ。

「どちら様？」

受話器を上げて少々突《つ》っ慳貪《けんどん》に問いかけたところ、返ってきたのはあまりにも予期しない、意外な声だった。

俺だ、としか言わない横柄《おうへい》な返事でも、貴史にはいっぺんで東原《ひがしはら》だとわかった。川口組の若頭を務める男、東原辰雄《たつお》だ。信じ難《がた》いことだが、あの東原が、現実に貴史の住むマンションのエントランスに来ている。

「今開けます」

努めて冷静な声で応じつつも、貴史の頭の中は懐疑《かいぎ》と驚愕、そして歓喜でぐしゃぐしゃになっていた。

どういう風の吹き回しだろうか。

東原が貴史の部屋を訪ねてきたのは初めてだ。住所自体はずいぶん前から教えていたが、今まで一度たりとも来た例《ためし》はなかった。今後もたぶん来ることはないと思っていた。

貴史は東原が集合玄関から九階に上がってくるまでの間、胸をざわつかせながらあれこれ思いつける限りのシチュエーションを検討してみた。何か急ぎの仕事の依頼だろうか。それが一番あり得そうだが、呼び出さずに向こうから出向くというのは初めてのパターンだ。貴史にはいまだに東原の考えていることがなかなか読めないので、今夜のような突然の来訪の意味を探ろうとしても、徒労に終わる可能性が高かった。

部屋の玄関ドアを薄く開けて待っていると、東原はインターホンのせっかちな鳴らし方とは打って変わった悠然《ゆうぜん》たる足取りで、通路をゆっくり歩いてきた。

「よう」

「こんばんは、東原さん」

珍しいですね、と貴史が言葉を続ける前に、東原は貴史の脇を通ってさっさと靴を脱ぎ、奥のリビングに上がり込んでしまった。慌てて後を追う。いつもながらの自己中心ぶりだ。他人の部屋に上がるのだという遠慮など微塵《みじん》も示さない。

貴史がリビングに行くと、東原は三人掛けの大きなソファにどっかりと足を開いて座ったところだった。

長い足が目に入る。いつも思うのだが、嫌味なくらい長い。なにもかも恵まれた男だ。体にぴったりと合った誂《あつら》えもののスーツも、相変わらず似合っていた。東原を見ていると、男としての格の違いのようなものをひしひしと感じさせられる。もはや劣等感にも繋がらない、徹底した格の差だ。それは、極道だとか堅気《かたぎ》だとかの枠を越えた上での格だった。

「今日はどうしたんですか?」

ソファの手前で立ち止まり、貴史は東原の顔色を窺《うかが》った。機嫌は悪くない。頬の肉が強張っていないし、口元も自然と結ばれている。射るように相手を見る目つきは普段と変わらず迫力に満ちて怖そうだが、色合いを見れば怒っているのかいないのか貴史にははっきりわかる。

「ちょっとな」

東原はこの青天の霹靂《へきれき》にも等しい訪問をそんな一言ですませる。

貴史は首を傾げ、ますます落ち着かない気分になった。

「座ったらどうだ」

あたかも自分の部屋であるかのように東原から指し示されたのは、向かいに置いてある安楽椅子だ。隣に座れとは言わない。貴史は東原のそっけなさに少し失望しながら、表面上はあくまでもなにも感じていない態度を装い、腰掛けた。

「もしかして、もう寝るとこだったのか?」

「いいえ。まだですが」

リビングのチェストの上に置いてある時計は、十一時過ぎを指している。貴史的にはまだ宵《よい》の口だ。明日は午前中にしなければならない仕事もないから、今晩はのんびり二時、三時まで読書でもしようかと考えていた。

「お酒、飲みますか?」

このままでは気詰まりだったので、貴史は東原にアルコールを勧めてみた。お茶を、と言うよりは、そのほうが東原にふさわしい気がしたからだ。

「酒はいい」

予測に反して東原は断った。

およそ東原と酒というのは、どちらか一方を外そうにも、外せない取り合わせだと感じていたので、貴史はまたもや意外に思った。体の具合でも悪いのだろうか、と心配になる。喫煙はしないが酒はうわばみで、ほとんど毎晩飲んでいるようなのだ。

「今夜はもうどちらかで飲んでこられたんですか?」

あまりに意外だったので、貴史はついそんなことまで聞いていた。普通なら、極力東原のプライベートには触れないことにしているのだが、他に話題がないこともあり、沈黙を長くしないために会話の糸口が欲しかった。

「飲むのは飲んだが、香西《こうざい》のところで話のついでにちょっと唇を湿らせてきた程度だ。今、組の下のほうで揉めててな。ゆっくり酒を酌み交わしていられるような雰囲気じゃなかったんだ。長《なが》田組《たぐみ》の長田穣治《じょうじ》、知ってるだろ?」

「はい」

以前に一度、挨拶《あいさつ》だけしたことがある。香西組の組長がずいぶん買っているようで、なにかあったときにはよろしくと頼まれ、引き合わされたのだ。たまたま東原と打ち合わせをしていたときで、ほんのついでのことだった。いちおう長田のほうからも頭は下げてきたが、なんとなく貴史はいい印象を受けなかった記憶がある。その長田が、いったいどうしたのだろうか。

「御法度《ごはっと》のヤクを裏でこっそり扱ってたことがわかったんだ。おまけに、ネズミまで中に入れていやがった」

「ネズミというと、麻薬取締官かなにかが接触してきていたわけですか?」

話の内容から鑑《かんが》みて、最も可能性のありそうなことを聞く。

「相変わらず話が早くて助かるな、貴史」

東原の目がすっと細くなる。貴史に満足したとき、東原がよくする目つきだ。この目で見つめられると、貴史は面映《おもは》ゆくていつも俯きがちになってしまう。東原を感心させられたのは嬉しいが、だからといって素直に喜ぶ顔はできないのだ。性格である。貴史は自分の不器用さがたまに恨めしくなる。もう少しあっさりしていられたら、もしかすると東原との関係も今とは違うものになっていたかもしれない。もっとすっぱり、体だけと割り切れていたかもしれなかった。それならこんなに胸苦しい想いをたびたび味わうこともないだろう。

「香西の親父も少々血迷ってたんだな。ちょっとした隙を巧みに突かれて、長田を簡単に信用しちまい、まんまと煮え湯を飲まされやがって。自業自得だといちおう殊勝《しゅしょう》なことを言ってやがったが、内心はらわたを煮えくり返らせているだろうよ。先月は自慢の船に招待して、俺たちと一緒にクルージングまでさせたんだからな。俺としては、後の始末さえきちっとつけてもらえりゃ、香西が長田をどうしようがかまわねぇんだがな」

「そう言えば、そのクルージングには佳人さんと遥さんもいらしてたんでしたよね」

貴史は東原の言葉の中からクルージングのことを摑まえ、暴力的な話とは違う方向に話題を変えた。誰かが誰かを痛めつけたり嬲《なぶ》ったりするような話は好きではないのだ。できれば聞きたくない。ことに、東原の口からは聞きたくなかった。東原がそういう世界に身を置く人間だというのは重々承知している。それでも東原に惹かれ、好きになってしまっていることも認める。だが、せめて自分と一緒にいるときくらいは、暴力じみた匂いを感じさせないでほしかった。川口組の若頭ともあろう男を前にして、いかにも無理な願いではあるが、貴史は東原を極力暴力沙汰《ざた》に関わらせたくなかった。

「お元気でしたか、お二人とも？」

できる限り自然な流れで話を変えられるように、貴史はにっこりと微笑みながら聞いた。本当は少し前に佳人からメールをもらっていて、クルージングで東原と会ったこと、もしかすると貴史にも会えるかと期待していたのに残念だったことなどが記されており、佳人が特に変わりなくしていることは知っていた。秋に知り合って以来、お互いにときどき近況報告くらいは交わす関係になっているのだ。

「ああ、そう、その佳人だ」

東原は、まるでたった今思い出したという顔つきをする。

「昼間、遥の会社に寄ったんだが、そこでえらく不味《まず》い茶を飲まされてな」

東原は貴史が予想もしないことを唐突に言い始めた。

「いやもう、苦いのなんのって、あんな茶を出されたのは記憶にないくらい昔以来だぜ」

「佳人さんが、ですか？」

いささか驚いて、貴史はわざわざ確かめた。佳人は遥の秘書だ。当然、東原のお茶は佳人が淹《い》れたのだろう。貴史には遥が手ずからお茶を用意している光景は想像できない。

「それは、おかしいですね」

そんな酷いお茶を淹れて、しかも気づかずに客に出すとは、どう考えても佳人らしくない。なにか心配事でもあって、それに気を取られていたからではないのだろうか。貴史の知る限り、佳人は痒いところに手が届くような気配りをする男だ。そして、意外と家事が得意である。意外という言い方は失礼かもしれないが、一見するといいところの御曹司ふうだから、とても家事などできるようには思えないのだ。

「あれも案外気苦労の多い男のようだからな。おまけにおまえと一緒で、暴力話には過敏に反応する。たぶん、俺と遥が長田やマトリの話をしていたもんだから、動揺したんだろう」

「……ああ、きっとそうだったんでしょうね」

貴史は秋の一件を思い出し、あのときの佳人の必死な様子を脳裏に浮かべ、納得した。香西に囲われている間、さんざん残酷な制裁の場面を見せられてきた佳人もまた、暴力行為を激しく嫌悪する。そんな目に遭《あ》っている誰かを見たら、いっそ自分が代わると言い出しかねないくらいだ。今度もそんな気持ちに駆られて、お茶を淹れるとき上の空になっていたのだろう。

「おまえ、佳人のことしか心配しないつもりか?」

考え込んでしまっていた貴史に、東原はにわかに不満げな顔つきをした。心配する相手が違うんじゃないのか、とムッとしたようだ。確かにそうだった。佳人の心配をする男は他にちゃんといる。貴史が出る幕はない。

「お茶に関しては、間が悪かったようですね」

珍しく拗《す》ねたようなことを言い出した東原に、貴史は急いでそう言った。

「俺はそれでここに来たんだ」

「えっ?」

続けてそんなセリフが出るとはまったく考えも及ばず、貴史は目を瞠《みは》った。

これは、どういう意味なのだろうか。どう受けとめればいいのか、わからない。東原が貴史になにを求めているのか、まだ今ひとつ見えてこなかった。

これまでこんな状況になったことがないから、先ほどから貴史は、どうすればいいのかわからずに困惑しているというのが正直なところだ。

いつもどおりに「来い」の一言で、こちらの都合も聞かずホテルに呼び出されていれば、まだわかりやすかった。ああ、抱きたいんだなとわかる。苛ついているときや、反対になにか難しい問題がうまく解決したときなどに、東原はよく欲情するようだ。貴史は愛情云々《うんぬん》を抜きにしてでも、東原が自分を求めれば応えた。虚《むな》しいと感じて、何度もやめようと思ったし、今でも完全に納得しているわけではないが、少なくとも今の東原には貴史以外に抱く相手がいないのだと知ってからは、もやもやしたものが多少吹っ切れていた。

本当は、たとえ東原が単なる気まぐれを起こしただけにしろ、今夜突然ここまで来てくれて嬉しい。予定外に会えて、胸が弾んでいた。

「俺は今、口の中が苦くて苦くてしょうがない」

東原は正面から貴史を見据え、一語一語ゆっくりと口にした。

猛禽類《もうきんるい》のような瞳で真っ向から見つめられ、貴史は身動《みじろ》ぎもできなくなるほど東原に囚われた。

東原は毒だ。強烈な甘い媚薬である。まずは、その圧倒的な存在感に満ちた目で、捉えたものを逃すことなくモノにする。抵抗するなどとてもできない。そして、深く知れば知るほど相手を自分にのめり込ませる強烈な個性を発揮する。

思えば、東原と出会った最初のときも、まさしくそうだった。貴史は東原と目を合わせた瞬間から、すでに彼の意のままになるほかない運命だったのだ。

しかし。

「お茶を飲ませてくれ、貴史」

東原のこの言葉が、あっというまに淫靡《いんび》になりかけていた雰囲気を霧散させ、夜だというのに真昼のように屈託のない空気にすり替えた。貴史は一瞬からかわれているのかと思ったが、東原は至って普通の顔つきをしているばかりだ。

「口直しがしたい」

貴史は失望のあまり溜息をつきそうになった。

「待っていてください」

低い声でそう断り、安楽椅子を立つ。

いったい自分は東原にとってどういう存在なのか、という疑問が胸の中で渦巻く。

たぶん、期待しすぎだったのだろう。

貴史はあらためて自分の気持ちを戒《いまし》めた。

リビングの隣にあるキッチンで、貴史はケトルに水を汲み、火にかけた。貴史はポットを使わない。湯を沸かすときは、その都度こうして火にかけなければいけなかった。

急須に茶葉を入れると、湯が沸くまですることはない。ケトルは沸騰《ふっとう》するとピーピー鳴くタイプなのでリビングに戻ってもよかったのだが、なんとなく東原と顔を合わせづらくて、貴史はしばらくその場でぼんやりしていた。

「貴史」

不意にキッチンに東原が姿を現し、貴史はびっくりした。

「東原さん！」

まさか東原がこっちに来るとは思わなかった。焦っていたため、手元に置いていた茶葉入りの急須に指が触れ、横倒しにしてしまう。

「なにやってんだ」

見ていた東原が呆れた声を出した。

「それじゃあおまえ、また佳人の二の舞になるんじゃねぇのか？」

「すみません」

確かにそうなりかねない状況だったので、貴史は唇を噛んだ。

東原が立ち止まっていた位置から貴史のすぐ真横にまで歩み寄ってくる。

貴史はドキリとし、緊張した。

「俺が思うに、おまえはつくづく要領の悪い男だな」

「……だったら、そろそろ会うのをやめますか？」

要領が悪いと面と向かって言われると、貴史も意地になり、逆らいたくなった。東原に対してこんな態度を取るのは勇気のいることだ。だが、今夜は貴史もかなり自棄《やけ》になっている。東原のつれない態度のせいだ。加えて、ここがいつものホテルの部屋ではなく、自分のテリトリーだからかもしれない。

「ふん、それがおまえの望みか？」

東原は意地の悪い目つきで貴史に聞いてきた。

即答できない。貴史は東原の顔を見ていられなくなり、目を伏せて顔を俯き加減にする。そこに東原の腕が伸びてきて、いきなり貴史の顎を引き上げた。

「東原さんっ！」

強引な指で無理やり顔を仰向けられ、貴史は狼狽《ろうばい》した。暴力を振るって乱暴されるとは思わなかったが、なにをされるかわからない恐怖は感じた。

思わず東原の腕に指をかける。

ギリッと顎を締めつける指の力が増し、貴史は微《かす》かに呻《うめ》き声を洩らした。

「気が変わった」

東原は貴史の顔を間近で見据え、言った。顎から指が離れる。しかし、貴史には顔を背けることも俯けることもできなかった。

不意に、よく手入れされた指が貴史の唇に触れてくる。

指の腹で唇を押さえるように撫でられたとき、貴史は全身に官能の震えが走るのを感じ、おののいた。ああ、やはり自分はこうされるのを望んでいたのだ、と思い知る。ごまかしようもなかった。

東原の指は気持ちよかった。今し方乱暴に扱われたことなど忘れさせてくれたほどだ。

貴史は自然と目を閉じ、唇に触れてくる感触だけに意識を集中させた。

「お茶はまたにしようぜ」

低くて自信に溢れた強気な声が貴史の耳元でする。息がかかるほどの距離だ。体温さえ伝わってきそうだった。

「俺の苦い口の中を癒やすのは、おまえの舌で十分だ」

頭がくらくらする。

ただ唇を触られているだけで、なぜこれほど体が浮つくような心地になるのか、貴史は不思議でしょうがない。

これも、東原の毒だろうか。

そのとき、ケトルがうるさい鳴き声を立て始めた。

はっとして目を開く。

開いた途端、東原の目に射竦《いすく》められてしまった。東原はずっと貴史の閉じた目を見つめていたらしい。

東原がコンロの火を止める。

強く腕を引いてキッチンから連れ出された。

この勢いのままリビングのソファに押し倒されるのかと思ったが、東原は廊下に出て、「どの部屋だ？」と貴史に聞いた。

「右、です」

恥ずかしさにじわりと俯く。こんな照れくさい思いをするのは初めてだ。

東原が愉《たの》しげに笑った。

まだ腕は摑まれたままだ。東原から離す気配はなさそうだった。

右のドアを開けて、寝室に連れ込まれた。

部屋に入るなり、東原は貴史の唇を貪るように奪ってきた。

舌を搦《から》め捕《と》られて、東原の口中に引きずり込まれる。

苦い、と文句を言っていた東原の口の中は、むしろ眩暈《めまい》がするくらい甘かった。

七月のテリーヌ

ちょっと顔が赤いな、と昼間から気になってはいたが、やはり遥《はるか》は具合が悪かったらしい。帰宅して早々、「寝る」とぶっきらぼうに一声かけて二階に上がっていった遥を、佳人《よしと》は慌てて追いかけた。

ダブルベッドが据えられた主寝室で、遥はスラックスのベルトを外し、ワイシャツの裾を引き出していた。今日は取引先と会う予定もなかったため、半袖のワイシャツにノーネクタイというクールビズ姿だ。

「大丈夫ですか？」

「ああ」

そうは言うが、ボタンを外す指がすでにぎこちない。

見かねて、佳人は遥の前に回って服を脱ぐのを手伝った。

手が軽く触れ合っただけで、かなり熱があるのがわかる。立っているのも辛そうだ。我慢強くて意地っ張りな遥がこんな早い時間から休むと言いだしたくらいだから、相当具合が悪いに違いない。取り繕って平気な振りをする余裕もないのだ。

クローゼットの引き出しから取ってきたパジャマを着せかけ、ベッドに潜《もぐ》り込んだ遥の額に手を当てる。

予想以上に熱くて驚いた。思わずビクッと指を引き攣《ひっ》らせてしまう。

「病院に行ったほうがよくないですか」

「大丈夫だと言ったはずだ」

横になって佳人を見上げた遥は、煩《わずら》わしげに顔を顰《しか》め、プイとそっぽを向いた。よけいなお節介を焼くな、と機嫌を損ねた振りをするが、本音は佳人に心配をかけるのが不本意なだけらしい。腑甲斐《ふがい》ない自分自身を嫌悪しているようなのが気まずげな表情から察せられ、佳人は遥の心根の優しさを感じとった。

「……ただの風邪だ」

そっぽを向いたままボソッと言い足され、佳人はますます温かな気持ちになる。遥と一緒の生活を送るようになって一年と四ヶ月あまり。共に過ごす時間を重ねれば重ねるほど、気持ちが理解しやすくなってきた。少ない言葉の端々に、奥に隠された真意を読むことができるようになり、無駄に傷つくことがなくなった。

佳人よりよほど頑健な体をしていて、日々の鍛錬《たんれん》も欠かさない遥だが、どういうわけか夏場は体調を崩しがちだ。本人も自覚しているから、素直にベッドに横になったのだ。

風邪なら薬を飲んでぐっすり眠れば回復するだろう。明日の朝、熱を測ってみて下がっていなければ、強引にでも病院に連れていこう。佳人はそう心に決めた。

「できればなにか少しでも食べて、薬を飲んでから寝たほうがいいと思うんですけど、食欲ありますか？」

「今はないが、一眠りして起きたら腹が減っているかもしれん」

「じゃあ、目が覚めたら呼んでください。お薬だけ飲みますか？」

遥は少し考えて、「ああ」と返事をした。

長引かせずにさっさと治して、仕事に支障が出ないようにしたいと考えたのだろう。

常備してある風邪薬を水の入ったグラスとともに遥に渡す。遥はすぐに薬を服用した。

再び横になった遥の額に固く絞った濡れタオルをのせ、肩まですっぽり毛布を被せ直す。そうして、遥の胸元を毛布の上からそっと押さえた。手に、ゆっくり休んでくださいね、という気持ちを込める。

遥はそのときは黙って佳人の顔を一瞥しただけだったが、佳人が寝室のドアを開けて出て行きかけたところで、「佳人」と声をかけてきた。

いかにも照れくさそうな様子で、突《つ》っ慳貪《けんどん》に言い添える。

「すまんな」

いいえ、と佳人は目で答え、遥に柔らかく微笑みかけた。

遥は顔を隠すように額に当てたタオルを手でずらし、目元まで覆ってしまった。

こういう場面ではどうしようもなく不器用になる遥が愛おしい。

佳人はまだずっと傍《そば》について、寝顔を見守っていたい気持ちを抑え、静かにドアを閉めた。

台所に下りて、遥が起きたとき腹に入れられるものを作ろうと、クールビズ姿のままエプロンを着ける。

今朝出勤するまでの予定では、遥は元々夜はAVビデオ制作会社のスタッフと打ち合わせ会食のはずだった。ところが、機材の不具合が原因で撮影が数時間押してしまったという連絡が入り、午後になって日時の変更が決まった。体調を崩していた遥にとっては、五時から体が空くという幸いな結果になったのだ。

そのまままっすぐ帰宅したのが六時過ぎ。家政婦の松平《まつだいら》は、書き置きの指示どおり夕飯の用意はせずに引き揚げていた。こうした場合、よほどのことがない限り松平に予定変更は伝えない。彼女がその日立てた家事の手順を狂わせることになっては申し訳ないからだ。

冷蔵庫を開けてみると、食材はたっぷり詰まっていた。

オクラにニンジン、ズッキーニと野菜類も豊富に買い込まれていて、なにかさっぱりとした冷製の前菜が作れはしないかと思案する。

ストッカーを覗《のぞ》いたら、板ゼラチンが見つかって、佳人は「そうだ」と思いつく。

これまでに二度ほど作ったことのある野菜のテリーヌに再挑戦することにした。

それならば淡泊な味に仕上げられて、熱があっても適度な冷たさが喉越しを気持ちよくするだろうし、なにより野菜がたくさんとれてヘルシーだ。久しぶりに佳人自身も食べたくなった。凝《こ》り性の遥が道具も買ってくれたので、専用の型もある。問題は取り出すときの難しさだが、万一失敗しても修復の仕方があることを、以前ネットで調べて知っていた。

ゼリーで固めるタイプのテリーヌは見た目の綺麗《きれい》さも楽しめる。

色合いや食感、味のバランスを考えて材料を選ぶと、赤パプリカやマッシュルーム、ハム、缶詰のヤングコーンの水煮なども使えそうだった。

まずは赤パプリカをコンロで直焼きし、表面に黒焦げができるまで焼く。

焼いたあと、冷ましてから焦げた部分を剝《は》ぎ取ってやると、下から綺麗な果肉が出てくる。それを割って中の種を刳《く》り貫《ぬ》き、細切りにする。

続いて、鍋に水を入れて沸騰させ、コンソメスープの素と塩を入れたものを作り、一センチ角の棒状に切ったニンジンをそれで茹でる。同様にして、ハム、ズッキーニ、マッシュルーム、オクラを一種類ずつ順番にスープに入れ、温めて取り出す。あまり熱を加えすぎると色合いが悪くなるため、適度なところで上げるのがポイントだ。具を茹でるのに使ったあとのスープは、布巾で漉《こ》しておく。

次にテリーヌ型に下準備したハムや野菜を見た目よく並べていく。

佳人が使うテリーヌ型は蓋付きの陶器製のもので、サイズは違うが形自体はパウンドケーキ型に似ている。

隙間にゼラチンを溶かしたスープを入れて固めるため、具材はぎゅうぎゅうに詰め込むのではなく、適度に間隔を持たせておく。

佳人はこの作業が工作をしているようでなかなか楽しい。

並べ終える頃には、漉しておいたスープが少し冷めて、八十度以下の適温になっている。そこに、水に浸してふやかした板ゼラチンを加え、完全に溶けるまでよく掻き混ぜる。それを型に流し入れ、冷やし固めれば完成だ。

あら熱を取って、冷蔵庫に入れた。だいたい三時間程度で食べ頃になる。

テリーヌを作り終えた佳人は、台所を片づけて風呂に湯を張り始めてから二階に上がった。

寝室をそっと覗くと、遥は寝息を立てていた。

起こさないように注意して忍び足で傍《かたわ》らに行き、遥の容態を確かめる。

辛そうな様子はなく、ぐっすりと眠っているようで安堵《あんど》する。額に載せたタオルを新しいものと取り替えるとき、手のひらで再び熱を測ってみると、先ほどよりは下がっている気がした。朝までに一度目を覚ますなら、汗を拭いて寝間着を着替えさせ、食欲が戻ったか聞くことにする。少しでいいのでテリーヌを口に入れてくれたら、佳人もなお安心できる。

あまり長居をしては、佳人がいる気配が遥に伝わって眠りを妨げかねないと思い、寝室には五分といなかった。

風呂が沸くまで茶の間でコーヒーを飲みながら読みさしの本を繰る。主人公の刑事が事件の核心に触れる新たな事実を摑みかける場面で、本来であれば夢中で読み進めただろうが、今は二階が気がかりで没頭できない。結局、章半ばの中途半端なところで本を閉じてしまった。

同じ屋根の下に遥がいるのに、あたかも佳人一人きりであるかのごとく家の中が静まりかえっている。本当に一人で留守番をしているときとは違った心許なさ、寂しさを感じて、気分が鬱《ふさ》ぎがちになる。

病気に罹《かか》る率で考えると、佳人のほうが遥より丈夫な体をしているようだ。体格や腕力の強さといったこととはまた別の問題らしい。佳人はめったに熱も出さない。風邪をひいても病院に行くまでもなく市販の薬を飲んで治すことが多かった。

どこからかいただいた缶入りのデンマーククッキーを摘《つま》みつつコーヒーを飲んでいると、風呂が沸いたのを報せる電子メロディが鳴りだした。

遥が寝ているうちに自分のことはすませておくべく、佳人は入浴しに立った。

裸になって浴室に入り、先にシャワーを浴びてから湯に浸かる。

今日も一日暑かった。

午前中は遥の持ち会社の一つであるパチンコ・チェーンの本部事務所を訪れ、経理のチェックをするのを手伝った。その間、遥は専務と共に、都内に三つある店舗のうちの一つを抜き打ちで視察しに行っていた。正午過ぎに事務所に戻ってきたとき、少し顔色が悪いなと思ったが、「飯に行くぞ」と誘われた定食屋でいつもと変わらぬ食欲を見せられたので、さほど気にかけなかったのが悔やまれる。連日の暑さと、六社すべてを社長として切り盛りしているがゆえの忙しさとで、遥の体力はかなり落ちていたのだろう。

もっと仕事の量を調整して、休めるときには休んでくれればと思うのだが、遥は頑固で、仕事に関しては特に手を抜くということがない。大事な事案は必ず自分で目を通し、決裁しなければ気がすまない性分らしく、人任せにしないのだ。佳人に手伝えることは限られており、果たしてどの程度役に立てているのか怪しいものである。

せめてスケジュール管理と遥の体調管理だけは佳人の責務としてまっとうしようと思っているのだが、日頃から口数が少なく、気分が悪いのか機嫌が悪いのかよくよく気をつけていなければ判別しにくい遥の体調を掌握《しょうあく》するのは容易ではない。また見極め切れなかったと反省しきりだ。

ほうっ、と溜息をつき、早めに風呂から上がってTシャツとコットンパンツを身に着けた。

扇風機の風で涼みながら髪を乾かし、髭剃り後の肌にアフターシェーブローションをつける。佳人は極めて髭の薄い質《たち》だが、さすがに二日に一度は剃らないと見苦しくなってくる。毎朝必ず綺麗に髭を剃っている遥からすれば、羨ましい限りのようだ。「おまえは楽でいいな」と揶揄《やゆ》とも皮肉ともつかぬ言葉を同居し始めたばかりの頃かけられたことがあった。

相変わらず二階からは物音一つ聞こえてこない。

遥はきっとまだ寝ているのだ。気持ち的には何度でも様子を窺《うかが》いに行きたいが、迷惑になってはいけないと自重する。

時間が過ぎるのがひどく遅いように感じられ、手持ちぶさただった。

元々食が細いほうなので、一人のときにはおざなりにすませがちだ。今夜はもうテリーヌ以外になにか作る気になれず、自分の夕食は買い置きのカップ麺にした。

蕎麦《そば》やうどんを自ら手打ちすることがある遥も、意外とカップ麺好きだ。それはそれ、これはこれと、別物と捉えて味わっているようで、スーパーやコンビニに寄ると、「切れてないか」と聞いてくる。苦労していた頃にはそれすら買えない日もあった、とさらりと洩らしてくれたこともあった。遥の過去を一つ知るたび、佳人はいっそう遥を好きになる。この先万一、二人で食うや食わずの生活をすることになったとしても、遥と一緒ならそうした暮らしも愉《たの》しめる気がするのだ。あるならある、ないならないで、そのときどきの状況に見合った分相応の生活をすればいい。その点、遥と佳人の認識や価値観は食い違っていなかった。

つらつらと考え事に耽《ふけ》るうち、テリーヌを冷蔵庫から出して型抜きする頃合いになった。今回が三度目という、経験の浅い佳人にとっては、ここが最大の難関だ。肉を使ったテリーヌは冷やすと縮むので型から取り出しやすい。しかし、ゼリーの場合は型に張りついてしまって、崩さずに出すためにはコツがいる。

佳人はまず、慎重に周囲をへらで剝がし、型を逆さまにして出てきてくれるかどうか見守った。運よく底部が離れてくれれば苦労せずにすむのだが、今まで二度挑戦して一度もいっぺんで成功しておらず、今回もその例に洩れなかった。

諦めて次の方法を試す。型を適度に温めてゼリーの表面を僅《わず》かに溶かし、抜き出すやり方だ。ゼリー型を外すときはたいていこれをやる。

一度はこれでもだめで途方に暮れ、何か別の方法はないかとインターネットで検索して、そのうちの一案を使って無事出せた。できれば今回はそこまでしないですめば、と祈る気持ちでボウルに汲んだ熱めの湯にゼリー型を浸けた。その一案というのが、ストローを底まで差してゼリーに二ヶ所縦長の小さな穴を空け、空気の力で抜くというものだ。市販のプリンをプラスチック容器から出すときと同じ理屈である。

祈りが通じたのか、ようやく受け皿にテリーヌを出せた。表面はつるつるで綺麗な出来だ。パウンドケーキを切る要領で夏野菜の詰まったカラフルなテリーヌを切り分ける。

うまくいってよかった。端っこの部分を味見したところ、見かけだけでなく味も申し分なくて胸を撫で下ろす。冷え具合もちょうどよく、口に入れたときの食感が我ながら絶妙だった。

白い皿に盛りつけして胡椒《こしょう》を軽く振り、あとは遥が起きたときに出してみるだけだ、と考えていると、シンと静まりかえった中でギシッと階段が軋む微《かす》かな音が聞こえ、佳人は急いで廊下に出た。

階段下から振り仰ぐと、パジャマ姿の遥が、手摺りに摑まりつつではあったが、しっかりとした足取りで下りてきた。

「もう起きて大丈夫なんですか？」

「ああ」

確かに顔色はずいぶん平常時に戻っている。だが、熱はまだ下がり切ってはいない様子だ。動きのところどころに緩慢さが窺え、本調子からはほど遠そうなのを感じる。

「少し何か胃に入れたい。そしたら薬を飲んでまた寝る」

遥にしては意外なほどの素直さだ。佳人は一瞬目を瞠《みは》った。ありがたく思う反面、思っている以上に具合が悪いのではと心配も増す。

「ちょうど今、一品盛りつけしたばかりでした」

「ああ」

なんでもいいと思っているのか、料理の名前も聞こうとせずに階段を下りたすぐ左手のドアを開け、六人掛けの食卓が据えられた食堂に入っていく。その気になれば今の倍の大きさの長テーブルも余裕で置けるほど広い部屋だ。なぜこんな酔狂《すいきょう》な設計案を受け容れたのか、当時の己の思惑が理解できない、と遥自身首を傾げていたことがあるらしい。遥の部下の一人、運送会社で事故係をしている柳《やなぎ》係長が、いつだったかおかしそうに話していた。

佳人は遥を待たせることなく料理の皿を運んできて、テーブルについた遥の手元に置く。

「驚いたな。こんなものをわざわざ作ったのか」

「久しぶりに食べたくなって……」

面と向かうと、遥のことを考えて、と言葉にするのが気恥ずかしく、佳人はそんなふうに言った。遥は佳人をチラッと一瞥し、何も言わずにナイフとフォークを手に取った。

佳人が見ている前で遥は黙々と食事をする。

カトラリー類を使い慣れた、落ち着いたしぐさは、「俺はがさつな人間だ」という本人の認識とは合致せず、品があって堂々としたものだ。佳人は遥が食事している姿を目にするたび、気持ちのいい食べ方をすると感じて見惚れてしまう。

料理を作る喜びは、食べてくれる人がいることによって大きくなる、と佳人はいつも思う。それが誰より大切な人で、美味しそうに食べてくれたなら、これ以上幸せなことはない。口には出さずとも、遥の食べっぷりを見ていれば、満足してもらえたのは十分伝わってきた。

「もう一切れ食べますか？」

「ああ」

遥は断らず、お代わりした皿も綺麗に平らげた。

「よかったです、食欲が戻って」

つくづく言った佳人に、遥はむすっとした顔で返す。

「だから俺は最初から大丈夫だと言ったんだ。お節介焼きで心配性なのもたいがいにしろ」

「はい。すみません」

ここは遥に譲って佳人が退くと、かえって遥はバツが悪くなったようだ。

「誰が謝れと言った」

相変わらず照れくさがりの遥に佳人は口元が緩むのを取り繕えない。

遥がさらに仏頂面をひどくする前に、茶の間に行って体温計と風邪薬を取ってきた。遥はおとなしく薬を服用し、体温計を脇に挟んだ。佳人を見るのはチラリ、チラリとだけで、あとはずっとそっぽを向いているが、それは単に遥が不器用すぎるからであって、べつに機嫌を悪くしているわけではないことは疑いようもなかった。

測定終了のピピッという電子音が鳴り、遥は体温計を佳人に返して寄越《よこ》した。

「三十七度八分。まだ結構ありますね」

遥はそれには答えず、いきなり命令口調で言う。

「おまえ、今夜は自分の部屋か和室に布団を敷いて寝ろ」

言われる前から、一緒に寝ると遥が寝苦しいかもしれないと躊躇《ためら》っていた佳人は、迷う気持ちを顔に出したまま返事に詰まる。

頭ではそうしたほうがいいのかもしれないと思っていても、心は独り寝を寂しがっている。

「……嫌ならべつにいい。勝手にしろ。ただし、風邪がうつっても俺は知らんぞ」

「いいです」

理性より先に感情が溢《あふ》れ、大胆な返事が口を衝《つ》いて出る。

「おれはたぶん平気です。だから、いつものように隣に寝かせてください」

「根拠もないくせに、よく言う」

憎まれ口を叩きつつ、遥もまんざらでもなさそうだった。

佳人は怯まなかった。返事をする代わりににっこり微笑む。

遥も独り寝を寂しがっているのがわかり、遠慮する必要はないと確信したからだ。

あとがき

情熱シリーズ三作目の本著をお手に取っていただき、ありがとうございます。「ひそやかな情熱」シリーズ作品ではありますが、お話自体は続きものではありませんので、差し支えないように執筆しております。「情熱のゆくえ」をご存じなくて本作のみをご覧いただきましても、差し支えないように執筆しております。遥や佳人、東原などのメインキャラクターたちに興味をお持ちになりましたら、ぜひほかの作品もお読みいただけますと幸いです。そして、いつもこのシリーズを応援くださっている皆さまには、心よりお礼申し上げます。

新装版発行にあたりまして、各巻に収録いただいている書き下ろしショートは、「遥さんと佳人なら一手間かけた料理」をテーマに執筆しております。「情熱」とタイトルにつく作品は次巻「情熱の結晶」で一区切りつきますので、このテーマでのショート小説も全四作になる予定です。今までこうした形で書き下ろしショートを執筆したことはなかったので、この短い四つの読み切りシリーズは筆者自身大変楽しんで書かせていただいています。新装版五冊目の「さやかな絆―花信風―」からはまた違うテーマを考えたいと思います。

遥さんと佳人は本当に次から次に事件に遭遇する人たちですが、本作は彼ら自身の事件というより、巻き込まれてずぶ濡れになっちゃった編です。一巻目から香西組長が誘いたがっていたクルージングも今回果たせ、それにはお呼びがかからなかった貴史も、佳人がお茶淹れに失敗するおかげでちょっとだけいい思いをします。

以前にもどこかで書いた記憶がありますが、このシリーズで私が一番書きたいのは、それぞれの日常の暮らしぶりだなぁと、こうして巻を重ねるたびに噛み締めます。毎日寝て起きて働いて、休日には庭の手入れをしたり、一緒に料理を作ってみたり。月が見事なら晩酌、桜が満開になったら花見と、四季折々の風情を楽しむ彼らの姿が見たくて、十年以上にわたって執筆し続けている気がします。

本著に使用させていただきましたイラストは、円陣闇丸先生に初版発行時に描いていただいたものです。再録をご快諾くださいましてありがとうございます。何度拝見しても美麗なイラストの数々で、眼福です。今後ともどうぞよろしくお願いいたします。

いつもお世話になっております制作スタッフの皆さまにもお礼申し上げます。シリーズを通しての文字統一や時系列の確認など、通常以上にご負担をおかけしているかと思います。

読者の皆さまからのお声はなによりの糧ですので、お気づきの点や感想等ありましたら、お気軽にお寄せくださいませ。首を長くしてお待ちしております。

それではまた次の本でお目にかかれますように。

遠野春日拝

◆初出一覧◆

情熱の飛沫《しずく》　／「情熱の飛沫《しずく》」（'04年5月株式会社ムービック）掲載

口直し　／「情熱の飛沫《しずく》」（'04年5月株式会社ムービック）掲載

七月のテリーヌ　／書き下ろし

遠野春日の大人気
「情熱」シリーズが、
BBNで復活!!
黒澤《くろさわ》遥《はるか》
6つの会社を経営する青年実業家。子供の頃親に捨てられ苦労して育つ。無口で不器用なため素直になれない性格。
久保《くぼ》佳人《よしと》
親の借金のため、香西組組長に10年間囲われていた過去を持つ。芯のしっかりした美貌の青年。
「ひそやかな情熱」
BBN B-BOY NOVELS NOVEL 遠野春日
イラスト/円陣闇丸
大好評発売中!!
定価945円（税込）
組長の逆鱗に触れ、捨てられるところを実業家の遥に拾われる、美貌の青年佳人。佳人は遥の傲慢かと思えば優しく触れてくる、その振る舞いに翻弄される日々を送るが…。新作書き下ろしつきで復活！
連続発売記念
全員サービス開催!!
かき下ろし小冊子♥
BBN「情熱のゆくえ」
大好評発売中!!
BBN「情熱の飛沫」
大好評発売中!!
BBN「情熱の結晶」
11月19日（月）発売予定
BBN「さやかな絆 -花信風-」
12月19日（水）発売予定
待望のシリーズ新作登場!!
2013年初春発売予定！
お楽しみに♪
最寄の書店またはリブレ通販にてお求め下さい。
リブレ通販アドレスはこちら
リブレ出版のインターネット通信販売
Libre
PC http://www.libre-pub.co.jp/shop/
Mobile http://www.libre-pub.co.jp/shopm/

ビーボーイノベルズをお買い上げいただきありがとうございます。
この本を読んでのご意見・ご感想をお待ちしております。

〒162-0825 東京都新宿区神楽坂6-46
ローベル神楽坂ビル4階
リブレ出版㈱内 編集部

リブレ出版WEBサイトと携帯サイト「リブレ+モバイル」でアンケートを受け付けております。
各サイトにアクセスし、TOPページの「アンケート」から該当アンケートを選択してください。
ご協力をお待ちしております。

リブレ出版WEBサイト http://www.libre-pub.co.jp
リブレ+モバイル http://libremobile.jp/
(i-mode, EZweb, Yahoo!ケータイ対応)

BBN B•BOY NOVELS

情熱の飛沫《しずく》

2012年10月20日 第1刷発行

著者――遠野春日

発行者――太田歳子
発行所――リブレ出版株式会社
〒162-0825 東京都新宿区神楽坂6-46ローベル神楽坂ビル
営業 電話03(3235)7405 FAX03(3235)0342
編集 電話03(3235)0317
印刷所――株式会社光邦

この書籍の用紙は全て日本製紙株式会社の製品を使用しております。

Printed in Japan
ISBN 978-4-7997-1203-0